古事記と太安万侶

和田　萃 編

田原本町記紀・万葉
事業実行委員会 監修

吉川弘文館

はしがき

本書は、平成二十四年（二〇一二）十一月十八日に、奈良県磯城郡田原本町《たわらもとちょう》の田原本青垣生涯学習センター弥生の里で開催された記念フォーラム、シンポジウム「やまとのまほろば田原本」（『古事記一三〇〇年紀』）の記録集である。

当日は天候にも恵まれたこともあり、定員八〇〇名のところ、ほぼ満員の参加者があった。奈良県内はもとより、近畿圏からの参加者も多く、会場は立錐の余地もない状態であったが、シンポジウム終了時まで熱心に聴講していただいた。寔《まこと》に有難く、御礼申し上げる次第である。

田原本町における「古事記編纂一三〇〇年紀」記念事業の概要や、当日の記念フォーラム事業については、田原本町記紀・万葉事業実行委員会委員長の鈴木幸兵氏による、本書収載の文に詳しい。

ここ三十年、私は奈良県高市郡高取町に住んでいるが、三十歳までは田原本町の旧町に住んでいた。そうしたこともあって、現在に至るまで田原本町との関わりは深い。

このたび、図らずもシンポジウム「やまとのまほろば田原本」に参加し、司会、進行等を務めさせていただいた。ちなみに「まほろば」とは、「優れて良い所」の意。

よく知られているように、田原本町大字唐古から鍵にかけての一帯には、唐古・鍵遺跡が所在する。弥生時代から古墳時代の初めにかけて、列島で最大規模の集落遺跡が所在していたのであり、田原本の歴史は限りなく古い。

最初の鼎談では、寺田町長さん、多神社宮司の多忠記さんから、旧多村（現、田原本町多）のことをいろいろ伺うことができ、楽しかった。思い起こすと、田原本中学校の三年生の折には、多さんと私は同じクラスであり、修学旅行で東京・日光へ行った折のことは、今も記憶に鮮明で懐かしい。

次いでシンポジウム「やまとのまほろば田原本」では、寺川眞知夫氏（同志社女子大学名誉教授）、上野誠氏（奈良大学教授）、辰巳和弘氏（元同志社大学教授）に登壇いただき、それぞれ十〜十五分程度、お話しいただいた後、私も加わって、四人が相互に議論する形で進行し、大いに盛り上がった。その内容は、シンポジウム「やまとのまほろば田原本」に詳しい。『古事記』研究における、最先端の見解が次々と提示され、大いに注目されたのである。

和田　萃

目次

I　太安万侶と田原本町を語る

多神社　本殿

1 古代の田原本

和田 萃

奈良県磯城郡田原本町《しきぐんたわらもとちょう》は、奈良盆地のほぼ中央に位置し、古くから「国中《くんなか》」と称されてきた地域に所在する。田原本小学校・田原本中学校の校歌は、いずれも「大和国原《くにはら》 その最中《もなか》」で始まる。「最中」は、お菓子の最中ではなく、奈良盆地の「真《ま》ん中《なか》」の意。

古代においては、田原本町の南方域は十市《とおいち》郡に、北方域は城下《しきげ》郡に所属していた。より詳しく言えば、十市郡に含まれたのは、旧多村《おおむら》、旧平野村《ひらのむら》、旧田原本町であり、旧川東《かわひがし》村、旧都村《みやこむら》は城下郡に所属していた。

古代の田原本町域を概観すると、飛鳥と斑鳩《いかるが》を斜めに結ぶ筋違道《すじかいみち》（「太子道《たいしみち》」とも称す）が町域の西方に所在し、奈良盆地を南北に走る上《かみ》ツ道・中《なか》ツ道・下《しも》ツ道の内、中ツ道と下ツ道が町域の東辺と中央を走っている。

また主要河川をみると、大和川（初瀬川）が町域の東辺付近を流れ、中央部付近では、下ツ道沿いを寺川《てらかわ》が流れる。また町域の西辺を流れる飛鳥川（「広瀬川」とも称された）は、東方の十市郡・城下郡と西方の広瀬郡との郡界となっていた。なお寺川については、奈良時代〜平安時代中期には、地形に基づき東南から西北へ流れていたものが、平安後期に至り条里《じょうり》制《せい》に基づいて南北に敷設《ふせつ》されたとの指摘もある。しかしここでは従来の説に従い、下ツ道の東側に沿って寺川が北流していたとする説に従う。

『延喜式』の巻九・巻十にみえる神名帳《じんみょうちょう》には、各国に鎮座《ちんざ》する著名な神社（「式内社《しきないしゃ》」という）を列挙している。その総数は三一三二座にも及び、大和国では二八六座がみえている。現在の田原本町域は、古代においては南方域が十市郡、北方域が城下郡で、十市郡に六座、城下郡に十四座の式内社がみえ、いずれも現存している。

十市郡には、多《おお》神社（多坐弥志理都比古《おおにいますみしりつひこ》神社二座。田原本町多に鎮座）とその摂社四座、計六座のみが所在し、十市郡全域が多神社の信仰圏であった。十市郡に住む人々は、すべて多神社とその摂社の氏子《うじこ》とされていたのである。多神社の信仰圏の広大さを示すと共に、その由来の古さを語るものであろう。全国的にみても特異であり、古くから多神社に対する信仰が厚かったことを示している。注目すべきことと言えよう。

古代の田原本町域では、名神《みょうじん》大社の多神社（多坐弥志理都比古神社二座）、城下郡の村屋神社（村屋坐《むらやにいます》弥富都比賣《みほつひめ》神社。田原本町蔵堂《くらんどう》に所在）、鏡作《かがみつくり》神社（鏡作坐天照御魂《かがみつくりにいますあまてるみたま》神社。田原本町八尾《やお》に所在）、池《いけに》坐朝霧黄幡比賣《いますあさぎりきはたひめ》神社（田原本町法貴寺《ほうきじ・ほうけいじ》に所在）の四社は、いずれも式内大社であった。

多神社・村屋神社・鏡作神社の三社は、現在に至るまで広大な社叢《しゃそう》が保存されており、全国的にみてもまことに稀有《けう》なことで、田原本町の歴史の古さ、豊かさを示すものと言ってよい。今も奈良県内のみならず全国から参詣する人々が絶えない。なお池坐朝霧黄幡比賣神社は、今はやや疎林となっている。

田原本町内の式内社については、後に詳しく述べる。
なお多氏と多神社については、「2　多氏と多神社」で言及しているので参照されたい。

唐古・鍵遺跡

奈良盆地のほぼ中央、田原本町唐古《からこ》から同町鍵《かぎ》にかけて所在する唐古・鍵遺跡（国指定史跡）は、標高四六～五〇メートルの沖積地に立地する、弥生時代から古墳時代にかけての大規模集落で、全国的にみても屈指の大遺跡と言ってよい。

古く明治三十四年（一九〇一）に考古学者の高橋健自が報告し、大正九年（一九二〇）には、奈良県桜井市大泉《おいずみ》出身の森本六爾《ろくじ》（一九〇三―三六）が何度も唐古池を訪ね、籾殻が付着した痕跡のある土器を確認し、当時、稲作が行なわれていたことを明らかにした。

最近、奈良県立橿原考古学研究所から刊行された『森本六爾関係資料集　1』によれば、森本六爾は大正九年（一九二〇）九月十二日から十月七日にかけて、唐古池から出土した遺物を何度も実見している。当時、森本六爾は、奈良県磯城郡三輪町《みわちょう》（現、桜井市三輪）の三輪尋常高等小学校の代用教員であった。森本が夭折した直後の昭和十一年・十二年に、国道（現、国道二四号線）敷設《ふせつ》用の採土に伴い唐古池の池底の発掘調査が実施され、弥生時代の大遺跡であることが判明した経緯がある。

その後、昭和四十七年（一九七二）に至り、唐古遺跡の第三次調査が再開され、現在に至っている。なお当初は唐古遺跡と称されていたが、その後の調査で南方域の田原本町鍵《かぎ》にまで遺構が及ぶことが判明し、唐古・鍵遺跡と改められた。発掘調査を担当された田原本町教育委員会の藤田三郎氏によれば、これまでに判明した唐古・鍵遺跡の状況は、以下の如くである。

直径四〇〇メートルにも及ぶ内濠の内側に集落が所在し、大型建物や高床《たかゆか》住居・竪穴《たてあな》住居、木器の貯蔵穴、井戸、区画溝などが検出された。また内濠の外側には、最大で五条の外濠があって、全体では約三〇万平方メートルの広大な面積を有している。

出土遺物も多量かつ多様で、木製の農工具や容器、サヌカイト製の石鏃《せきぞく》や石剣などの武器類、石包《いしぼう》丁《ちょう》、卜骨《ぼっこつ》などの祭祀遺物、骨角器、炭化米や種実類、獣骨類などの食料残滓《ざんし》など、多種多様な遺物が出土している。

とりわけ銅鐸の鋳型、褐鉄鉱《かってっこう》の容器に入った翡翠《ひすい》の勾玉《まがたま》、楼閣《ろうかく》を描いた絵画土器などが出土していて、全国的に注目された。列島内における有力地域との遠隔交流のみならず、中国・魏《ぎ》との直接交流があったことを示していて、まことに重要である。

以上のことを踏まえれば、弥生時代における唐古・鍵遺跡は、近畿地方における盟主的な集落であったのみならず、全国的にみても、きわめて重要かつ貴重な遺跡であるとみてよい。

このように弥生時代から古墳時代初頭に及ぶ唐古・鍵遺跡は、列島最大規模の集落遺跡であったが、第五様式の終末期に突如として終焉《しゅうえん》した。その背景は未詳であるが、その直後に三輪山西北麓に纏向《まきむく》遺跡が突如として出現し、唐古・鍵遺跡を凌駕《りょうが》する、広大な集落が営まれ、近傍に巨大な墳丘墓、箸《はし》墓《はか》古墳（全長二八〇メートルの巨大前方後円墳）が築造されるようになった。

唐古・鍵遺跡の地から東南方向を望むと、指呼《しこ》の間に三輪山《みわやま》を望み、三輪山西北麓に纏向遺跡が広がる。唐古・鍵遺跡と纏向遺跡は、直線距離にして約四キロメートルほどにすぎない。唐古・鍵遺跡に住んでいた人々が、初瀬川の大水害により、三輪山西北麓の纏向遺跡の地に移動した可能性も十分にあるのでは、と思う。纏向の地は三輪山西北麓の微高地であり、西方域を初瀬川（大和川本流）が流れ、居住条件としては唐古・鍵遺跡よりもはるかに優れていた。

韓人池

『日本書紀』の応神七年九月条にみえる韓人池《からひとのいけ》については、私見では初瀬川の左岸近くに所在したかと推定している。なお田原本町唐古に所在する唐古池は、近年の研究成果により「韓人池」ではないことが判明した。

昭和五十八年九月〜同五十九年三月に、田原本町史編纂室によって田原本町鍵の竹村利美家の文書調査が実施され、その過程で「元文《げんぶん》二年（一七三七）巳《み》二月吉田両村池之絵図」（縦三一・七センチ、横四八・五センチ）が発見された（田原本町史編さん室「唐古池の築造年代を追って」〈『田原本の歴史』第三号所収〉昭和五十九年十月三十一日　発行）。

絵図には、用水路と鍵村池・唐古池の位置を描く。鍵村池については「元禄拾二巳夘《きぼう》年（一六九九）十一月吉日普請　仕　候《つかまつりそうろう》」、唐古池については「唐古村池五年のち、元禄十六年癸未年（一七〇三）二月日普請仕候」と書き込まれている。

町史編纂室では、「普請仕候」とある普請を素直に築造とみなしてよいか、それとも修理を加えたり池浚《さら》えを指すのか、即断できないため、唐古池周辺の村々の溜池がいつ頃に築造されたものであるのか、田原本町域内に所在する溜池築造年代を詳細に検討された。

その結果、田原本町内に所在する四八ヵ所の溜池の内で最も古いものは、寛文七年（一六六七）以前の十六面《じゅうろくせん》池で、次いで延宝七年（一六七九）以前の為川《ためがわ》池であり、最も新しいのは、明治四十年（一九〇七）に築造された矢部《やべ》新池であることが判明した。

まことに詳細を極めた検討であり、その結果、唐古池は元禄十六年二月に新しく普請されたものであることが決定的になった。『日本書紀』の応神七年九月条にみえる韓人池は、唐古池ではないことが確定したのである。

それでは韓人池はどこに所在したのであろうか。今後の検討課題となるが、私案を簡略に述べる。『延喜式』の神名帳によれば、大和国城下郡十七座の内に、池坐《いけにいます》朝霧《あさぎり》黄《き》幡《はた》比賣《ひめ》神社（大社。月次《つきなめ》、相嘗《あいなめ》、新嘗《にいなめ》）がみえている。注目されるのは、「池坐」と表記されていることであろう。

「池坐」とは「池の地に坐《い（まし）》ます」の意。池坐朝霧黄幡比賣神社は、田原本町法貴寺《ほうけいじ（ほうきじ）》の大和川（初瀬川）の右岸に所在し、古代には延喜式内大社であった。同社に祀られている池坐朝霧黄幡比賣神は、朝霧の中に微かに揺れる黄色の幡を、女神の姿と見做《みな》したものでもあろうか。かつては初瀬川の右岸に、法貴寺集落と池坐朝霧黄幡比賣神社が所在していた（昭和五十二年六月三十日に国土地理院から刊行された二万五千分の一の地形図「桜井」を参照）。

昭和五十七年（一九八二）八月一日、奈良県下に集中豪雨があり、田原本町法貴寺で大和川（初瀬川）が決壊し、下流の北葛城郡王寺町でも葛下川《かつげがわ》が氾濫した。そのため王寺町から天理市に及ぶ広範囲が水没するという、未曾有の大水害となったのである。

その後、田原本町東《ひがし》井上《いね》から同町法貴寺・八田《はった》にかけての各所で曲流していた初瀬川の流路は、少し東方に付け替えられ、北流する河道となった（平成十九年八月一日発行の二万五千分の一の地形図「桜井」を参照）。そうした経緯により池坐朝霧黄幡比賣神社は、初瀬川の左岸に位置するようになった経緯がある。したがって大洪水で大和川（初瀬川）が決壊する以前の河道の西方域に、韓人池を想定しうることになる。

倭の屯田と「三宅」

『日本書紀』の仁徳天皇即位前紀によれば、第十一代とされる垂仁天皇の時代に、大足彦尊《おおたらしひこのみこと》（第十二代の景行《けいこう》天皇。ヤマトタケル尊の父）に命じて「倭《やまと》の屯田《みた》」を定め、天皇が所有する地としたことがみえ、仁徳天皇の時代に、改めてそれが確認されたことを記している。

倭の屯田は、倭国の王が直接支配した田地を指す。その所在地は未詳であるが、目下、私見では初期大和王権が所在した纏向地域の西方域、初瀬川下流域の左岸一帯かと考える。より具体的に言えば、十市郡所属の田原本町味間《あじま》・千代《ちしろ》付近から、城下郡に所属する法貴寺・唐古付近に至る一帯を想定している。

『和名類聚抄《わめいるいじゅうしょう》』には、大和国城下郡に賀美《かみ》郷、大和《おおやまと》郷、三宅《みやけ》郷、鏡作《かがみつくり》郷、黒田郷、室原《むろはら》郷がみえる。六世紀後半になると、大和王権は倭の屯田のさらに西方域、三宅郷の一帯に屯倉を設置して、直接、支配下に置いた。「三宅」の地名はそれに由来するとみてよい。

『万葉集』巻十三—三二九五・三二九六に、「三宅の原」を歌った歌がみえている。

うち日さつ　三宅の原ゆ　直土《ひたつち》に　足ふみ貫《ぬ》き　夏草を　腰になづみ　いかなるや　人の児ゆゑぞ

通はすも吾子《あこ》　うべなうべな　母は知らじ　うべなうべな　父は知らじ　蜷《にな》の腸《わた》　か黒き髪に　真《ま》木綿《ゆふ》持ち　あざさ結ひ垂れ　大和の　黄楊《つげ》の小櫛《をぐし》を抑《おさ》へ刺す　さすたへの子は　それぞわが妻

反歌

父母に知らせぬ子ゆゑ三宅道《みやけぢ》の夏野の草をなづみ来《く》るかも

この長歌は、三宅の原を通って裸足《はだし》で足を踏み抜き、夏草の中を腰まで入って難渋しながら妻問いする息子に、母が問いかける。それに対して息子は、「尤《もっと》もです、尤もです」と諾《うべな》いながら、「母さんも父さんも知らないでしょう、黒々とした髪に木綿で〝あざさの花〟を結んで垂らし、大和の黄楊の小櫛を押さえ刺している可愛い娘、それが私の妻なのです」と歌っている。反歌では、「父母にまだ知らせていない娘なので、三宅道の夏野の草を難渋しながら来たことであるよ」と歌う。

注目されるのは、「三宅の原」「三宅道」を歌っていることだろう。倭国《わこく》は、かねて百済と交流することが多かったが、欽明二十一年（五六〇）九月から新羅は倭国に調賦《ちょうふ》を貢じるようになった。

大和政権は、六世紀後半に新しく新羅から渡来した人々を動員し、新羅の先進的な農業技術を導入して、寺川左岸の磯城郡三宅町伴堂《ともんどう》・屛風《びょうぶ》や同郡川西町結崎《ゆうざき》の一帯に広がる原野（三宅の原）を開墾して水田化し、広大な屯家《みやけ》（三宅）とした。収穫された多量の稲穀は、寺川の水運を利用して王宮に運ばれ、国家の財源とされたのである。

平安時代初めに成立した『新撰姓氏録《しんせんしょうじろく》』によれば、大和では三宅連《みやけのむらじ》や糸井造《いといのみやつこ》などの渡来氏族がみえ、六世紀後半に新羅から新しく渡来した人々だったらしい。三宅連は、新羅国の王子である天日《あめのひ》槍《ぼこ》の後裔と伝え、糸井造も同様である。三宅連は奈良県磯城郡《しきぐん》三宅町伴堂・屏風の地に、糸井造は同郡川西町結崎の地を本拠としていた可能性が大きい。三宅町のすぐ北側に、川西町結崎が所在する。

筋違道

田原本町内に残る古道として、筋違道《すじかいみち》・中《なか》ツ道・下《しも》ツ道がある。なお古道とは、古代に敷設《ふせつ》された道を指す。まず筋違道についてふれよう。個人的なことで恐縮であるが、田原本町の旧町（田原本町三輪《みわ》町《まち》）出身である私には、忘れられない思い出がある。

田原本小学校の二、三年生だった頃のこと、奈良県磯城郡三宅町屏風から遠縁の女性が田原本町内の家にみえた。その折、「屏風」という地名を初めて聞いた。幼心《おさなごころ》に不思議だったので尋ねたところ、昔、聖徳太子（厩戸皇子）が筋違道をとり、斑鳩と飛鳥の間を往復された際、ほぼ中間である屏風の地で休息された。その折、地元の人たちは、尊いお姿を直接、眼にすることを憚《はばか》り、太子の廻りに屏風を立て廻したところから、「屏風」の地名が生じた、とのことであった。

なお筋違道とは、東西や南北に走る道ではなく、斜めに走る道を指す。また建物などを強固にするため、柱と柱の間に斜めに取り付ける材を、筋交《すじかい》（筋違）と言う。

印象深く記憶しているのは、田原本中学校の二年生の折、二人の友人と共に自転車に乗り、筋違道をとって初めて法隆寺へ行った時のことである。折しも法隆寺の春の会式《えしき》の日で、金堂内に色とりどりの造花が飾られていた。今も鮮明に記憶している。当時、三人は法隆寺へ行くことのみを目的としていたから、筋違道や道沿いの社寺・道標には全く関心を持っていなかった。

これまで何度か筋違道を歩いている。筋違道を初めて歩いたのは、手元の野帳によれば昭和五十四年（一九七九）十二月十一日のことで、田原本町保津《ほっ》から磯城郡川西町結崎《ゆうざき》の糸井神社付近までであった。とりわけ三宅町屛風の杵築《きづき》神社と白山《はくさん》神社では、道標や聖徳太子ゆかりの石像物があって、まことに興味深かった。

杵築神社の境内には二基の常夜燈があって、それぞれ「牛頭天王宮《ごずてんのう》／天保四年（一八三三）城下郡《しきしも》」、「牛頭天王社／天保七年（一八三六）」の銘文がある。また拝殿には「おかげ踊り」の絵馬があり、「慶応四歳（一八六八）辰九月吉祥日」と記す。

道路のすぐ西側に白山神社があって、境内に「聖徳太子の腰掛石」があり、常夜燈に「白山権現御神前……」と刻む。三宅町屛風では、近世後期に至るまで聖徳太子伝承が色濃く伝えられていたのであり、まことに貴重な事例と言えよう。

筋違道（太子道《たいしみち》）は、推古天皇の時代に斑鳩と飛鳥を結ぶ道として敷設《ふせつ》された。現状では、生駒郡斑鳩町高安《たかやす》付近から、磯城郡三宅町屛風・伴堂などをへて、磯城郡田原本町保津《ほっ》までの間に残っている。

平成七年（一九九五）に田原本町教育委員会により、保津・宮古遺跡の第一四次調査が実施された。現状で残る筋違道の最南端から、さらに一五〜四〇メートル離れた地点で発掘調査が行なわれ、幅三メートル、深さ〇・五メートルの北北西〜南南東方向の溝が検出された。再掘削されているが、溝の最上層では七世紀後半の遺物も出土しており、その位置や方向から、筋違道の西側側溝の可能性があることが判明したのである（『田原本町埋蔵文化財調査年報　一九九四・一九九五年度』田原本町教育委員会一九九四・一九九五年）。

国土地理院から刊行されている二万五千分の一の地形図「桜井」を詳細に見ると、保津からさらに東南方向の田原本町薬王寺《やくおうじ》、新木《にき》、多《おお》でも、筋違道の痕跡の一部かと思われる道があり、今後、さらに検討すべきものと思われる。

多神社の東方、約二五〇メートルの所、保津・宮古遺跡からだと南南東へ約一七七〇メートルほどの所に、斜行道路の一部が残っており、多集落の付近にまで及んでいたことが確実である。さらには橿原市新賀町《しんがちょう》をへて、明日香村に所在した推古天皇の小墾田宮《おはりだのみや》の近くにまで達していたと思《おぼ》しい。

秦楽寺と秦氏

田原本町秦庄《はたのしょう》に、秦氏《はたうじ》ゆかりの秦楽寺《じんらくじ》が所在する。その所在地は近鉄橿原線笠縫《かさぬい》駅の西北約二五〇メートルほどの所で、田原本駅からだと、ほぼ南へ一キロメートルの所である。

先にふれた田原本町保津で検出された筋違道を、地図上で東南方向へ延長すると、田原本町多に所在する多神社の東方、約二五〇メートルの所に達する。秦楽寺は、想定しうる筋違道（太子道《たいしみち》）から東へ約五五〇メートルの所に所在し、その由来をたどれば、田原本町町域では最古の寺院であったとみてよい。

推古九年（六〇一）二月から、皇太子の厩戸皇子（聖徳太子）により斑鳩宮の造営が開始され、同時に飛鳥と斑鳩を結ぶ筋違道の敷設《ふせつ》が始まった。厩戸皇子の側近で、山背《やましろ》の葛野《かどの》の地を拠点とする大豪族、秦氏《はたうじ》の首長であった秦造河勝《はたのみやつこかわかつ》は、厩戸皇子から与えられた仏像を安置するため、推古三十年（六二二）に広隆寺を建立したと伝える。

そうしたことを踏まえると、筋違道の敷設時に、あるいは厩戸皇子の薨去《こうきょ》後に、秦造河勝が筋違道に近い田原本町秦庄の地に、秦楽寺を創建した可能性が大きいのでは、と考える。

秦庄の地を訪ねると、秦楽寺（山号は高日山）の北側と西側に池が廻り、寺域はやや微高地となっている。注目されるのは、古来、秦楽寺の住職は秦姓であり、また集落内に今も秦姓の家が十軒近く所在することであろう。山背の嵯峨野《さがの》を拠点としていた秦氏の一族が、大和の筋違道に近い秦楽寺の地にも居住していたことを示していて、まことに興味深い。

秦庄の秦楽寺に、本尊の木造千手観音立像《りつぞう》（一躯《く》。総高一〇二・三センチ）が納置されており、十一面・四十二臂に脇手を揃えた千手観音で、十世紀から十一世紀初めにかかる頃に、当地で造像されたものである（田原本町教育委員会『田原本町の佛像』昭和五十九年）。

また本尊の左脇に聖徳太子孝養《こうよう》像、右脇に秦河（川）勝公像が安置されており、京都市太秦《うずまさ》の広隆寺に伝わる伝秦河勝像が謹厳な男神像であるのに対し、秦楽寺の本尊は若々しい肖像として表わされている。本像の方形台座天板には、明暦元年（一六五五）九月十四日に、多武峯の藤室法印良盛が本像を像立した旨を記す。

当寺に伝わる『秦楽寺略縁起』によれば、大化三年（六四七）三月に、秦氏の族長であった秦造河勝により建立されたと伝える。秦楽寺の西方に位置する筋違道との関わりからも、厩戸皇子（聖徳太子）に仕えた秦造河勝によって創建された可能性が大きい。後のこととなるが、大同元年（八〇八）に唐から帰国した僧空海は、翌年に秦楽寺の地に阿字池《あじいけ》を築造している。

『日本書紀』によれば、応神天皇の十四年に秦氏の祖とされる弓月君《ゆづきのきみ》が百二十県の民を率い、倭国《わこく》に来朝したと伝える。しかし時代も古きに過ぎ、また渡来した人々も多きに過ぎるから、東漢氏《やまとのあやうど》と同様、五世紀後半に倭国に渡来したとみるべきだろう。

秦氏は全国に分布し、秦部《はたべ》・秦人部・秦人を配下に置き、主として機織《はたお》りを行ない製品を貢納したところから、「ハタ」が氏の名とされたらしい。しかし秦氏を単一の氏族とみることは難しく、六世紀半ばに編成された擬制的な同族組織とみるべき、とされる。

秦氏の族長の本拠地は山背《やましろ》で、稲荷山に近い深草や洛西の葛野《かどの》（嵯峨野）であった。六世紀中葉から七世紀初頭頃に、秦氏の族長は太秦の地に移り、その初代族長が秦造河勝であった。

なお正倉院文書に、大和国の人として秦勝《はたのすぐり》古麻呂、忍海郡栗棲郷《おしみくりすごう》の人として秦伎美麻呂《きみまろ》がみえている。

千代と播磨

『播磨国風土記《はりまのくにふどき》』に、田原本町に関わる注目すべき記事がみえている。これまではほとんど取り上げられていないが、古代の田原本に言及した重要な記述であり、少し詳しく分析したい。

和銅六年（七一三）五月二日に畿内《きない》と七道の諸国に対し、郡郷の名に好字をつけて、その由来、産物や地味《ちみ》、山川原野《さんせんげんや》の名の由来、古代の伝承などを撰進するように、官命が下された。現存する完本は、天平五年（七三三）二月三十日に撰進された『出雲国風土記』のみで、脱落や省略のあるものに、常陸《ひたち》・播磨・豊後《ぶんご》・肥前等の国の風土記がある。

『播磨国風土記』は、用字などにより養老元年（七一七）以前に成立したとされ、揖保《いぼ》郡大法山《おおのりやま》の条に古代の田原本と深く関わる記述がみえ、注目される。以下の記述がみえる。

大法山　今の名は、勝部《すぐりべ》の岡なり。品太《ほむだ》の天皇、この山に大き御法《みのり》を宣《の》りたまひき。故《か》れ、大法山と曰《い》ふ。今、勝部と號《なづ》くる所以《ゆゑ》は、小治田《をはりだ》の河原の天皇のみ世、大倭《やまと》の千代《ちしろ》の勝部等《ら》を遣《や》りて、田を墾《は》らしむるに、即ち、此の山の邊《へ》に居《す》みき。故《か》れ、勝部の岡と號《なづ》く。（植垣節也『風土記』による）

まず指摘しておきたいことは、昭和三十九年（一九六四）に刊行された日本古典文学大系の『風土記』（秋本吉郎校註、岩波書店刊行）では、「大倭《やまと》の千代」を「大倭の千代《ちよ》」と訓《よ》んでいることである。それに比し、平成九年（一九九七）刊行の植垣節也氏の『風土記』（小学館）では、「大倭の千代《ちしろ》」とされており、古来の呼称に適っている。

植垣節也氏は、『播磨国風土記』にみえるこの部分の「今、勝部と号くる所以は、……故、勝部の岡と号く」を、以下のように訳しておられる。

「いま勝部《すぐりべ》の岡と名づけるわけは、小治田の河原の天皇（斉明天皇）の御世《みよ》に、大倭《やまと》の千代《ちしろ》の勝部らをつかわして、田を開墾させられたところ、この山の付近に住みついた。だから勝部の名を取って勝部の岡と名づけた。」

「大倭の千代」とされていて正確であるが、田原本町出身の私は、この記事にはさらに注目すべきものがあるのでは、と考える。

今も田原本町千代に小字「千代」が所在し、奈良県立橿原考古学研究所（橿考研）が昭和五十五年に刊行した『大和国条里復原図』によれば、城下《しきげ》郡路東十八条一里二十八坪に小字「千代」がみえている。

橿考研による『大和国条里復原図』の作成に際して、私は、恩師岸俊男先生のもと、栄原永遠男《さかえはらとわお》氏と故 鎌田元一氏と共に参加し、橿原市、桜井市、田原本町、高取町については、私が担当した。その際、田原本町千代に小字「千代」の所在することを知り、『播磨国風土記』の揖保郡大法山の条にみえる「大倭の千代の勝部」が播磨国揖保郡の大法山の地に赴《おもむ》いて、その地の開拓に従事したことを確信した。

大法山は、姫路市勝原区朝日谷の朝日山を指す。山陽本線網干《あぼし》駅のすぐ東北に朝日山があって、その南麓を「スグレ原」「ソグリ原」と称し、今では「カチハラ（勝原）」と言い慣されている。斉明朝に、今日の田原本町千代の地に居住していた勝部らは、播磨国揖保郡の大法山の麓の朝日谷に移住し、その地の開墾・開発に従事したのである。

「千代《ちしろ》」は町段歩制が施行される前の呼称で、五百代《しろ》は一町に相当した。今も田原本町千代には小字「千代」が所在し、「千代」は二町の面積を指す。古代の「千代」の呼称が今日も残っており、田原本町の一帯が古代にはすでに広範囲にわたって開墾・開発されていたことを示していて、まことに重要な遺跡であると言ってよい。

小字「千代」は、全国的にみてもまことに稀有《けう》な地であり、今後、永く保存すべきもので、私見では国史跡の価値があると考える。

壬申の乱

天武元年（六七二）六月二十四日に勃発し、同年八月二十五日に終焉した壬申《じんしん》の乱は、日本古代における最大の内乱であった。

古代における同様の大規模な内乱として、継体《けいたい》二十一年（五七二）六月三日に勃発《ぼっぱつ》し、翌二十二年十一月十一日に終焉《しゅうえん》した筑紫国造《つくしのくにのみやつこ》磐井《いわい》の乱は、一年五ヵ月にも及ぶものであったが、九州北部の筑紫を主舞台としており、国家の中枢である畿内に大きな影響を及ぼすものではなかった。

それに比し壬申の乱は、二ヵ月余の戦乱にすぎなかったが、近江や大和を主舞台としており、畿内周辺や東国の兵も多数加わったから、日本古代における最大の内乱であったとみてよい。

天智十年（六七一）十月十七日、天智天皇は重篤《じゅうとく》となり、弟の大海人皇子《おほ（し）あまのみこ》（大皇弟・東宮大皇弟とも。後の天武天皇）を招いて後事を託したが、大海人皇子は病《やまい》と称して辞退し、出家して修道することを請《こ》い、許された。

右の記述は、『日本書紀』巻二十七の天智紀にみえるものであるが、『日本書紀』巻二十八の天武紀では少し異なる。

天智天皇が重篤となり激しい痛みに苦しんだので、蘇賀臣安麻侶《そがのおみやすまろ》を大海人皇子の許《もと》に遣《つか》わし、皇子を大殿に引き入れた。その際、安麻侶は大海人皇子に対し「有意《こころしら》ひて言《のたま》へ（充分、注意して言上するように）」と忠告した。予《かね》て大海人皇子に心を寄せていたらしい。

それで大海人皇子は、天皇の即位要請を承諾すれば、直ちに身に危害が及ぶことを察知し、病身を理由に辞退して、皇后の倭姫王《やまとひめのおおきみ》に全権を委ね、大友皇子を立てて後継者とすべきことを具申《ぐしん》し、出家したい旨を申し出て許された。

天智十年（六七一）十月十九日に近江宮で出家した大海人皇子（後の天武天皇）は、吉野で仏道修行するためと称して、妻子や舎人《とねり》らを率いて近江宮を脱出し、同日、飛鳥の嶋宮《しまのみや》で一泊、翌二十日に吉野宮に至った。

そして八ヵ月を経た天武元年（六七二）六月二十四日、大海人皇子は后妃とまだ幼い子供たち、二十人余の舎人たち、十有余人の女孺《にょじゅ》らを率いて吉野宮を脱出し、まず伊勢の桑名を目指した。壬申の乱の勃発である。

注目されるのは、吉野宮脱出の前々日（六月二十二日）に、大海人皇子は、美濃出身の舎人であった村国連男依《むらくにのむらじおより》・和珥部臣君手《わにべのおおきみて》・身毛君廣《むげのきみひろ》の三人に郷里である美濃国に行き、美濃国安八磨郡《あはちまぐん》に所在した大海人皇子の軍事的・経済的基盤である湯《ゆ》沐の管理者、多臣品治《おおのおみほむじ》に連絡し、安八磨郡の兵を動員して不破《ふわ》の道を塞《ふせ》ぐように命じた。多臣品治は安八磨郡の兵を動員して、二十五日の夕刻には不破の道を防いでいる。

近江朝廷は六月二十四日の夕刻に、大海人皇子らの一行が吉野宮を脱出したことを知ったが、大友皇子を首班とする朝廷内での協議が難航し、美濃への出撃は二十五日の朝となった。そのため韋那公磐《いなのきみいわ》鍬《すき》・書直薬《ふみのあたいくすり》・忍坂直大摩侶《おしさかのあたいおおまろ》らの率いる近江朝廷軍は、すでに不破の道を防いでいた多臣品治の軍により撃退された。多臣品治による不破の関の占拠は、東国の兵を全て大海人皇子軍に組み込むことになったから、多臣品治の功績はまことに多大である。

天武元年（六七二）六月二十九日、大海人皇子の長男である高市皇子は、全軍を率いて近江路を南下した。壬申の乱の勃発である。

大和の飛鳥では、かねて近江朝廷を退去して大和に戻っていた大伴連吹負《おおとものむらじふけひ》が三輪君高市麻呂《みわのきみたけちまろ》ら大和の傑豪層《けつごう》を集めて決起し、同日（六月二十九日）の早朝、飛鳥寺西側の槻《つき》の木広場に所在した近江朝廷側の飛鳥古京《こきょう》を守る留守司を急襲し、占拠した。

大伴連馬来田《まくた》と吹負の兄弟は、かねて大海人皇子に心を寄せ、美濃にいた大海人皇子や高市皇子と密に連絡をとっていたらしい。兄の馬来田は、大海人皇子が吉野宮を脱出した際に同行したが、弟の吹負は大和に留まり、大和の傑豪層である大三輪《おおみわ》氏《し》や鴨《かも》氏《し》の一族を味方につけ、六月二十九日の早朝に飛鳥古京の留守司を襲撃して占拠した。

近江路を中心とした壬申の乱の詳細については、ここでは省略するが、壬申の乱における大海人皇子軍の最大の功労者は、全軍を指揮した高市皇子（大海人皇子の長男）、不破の道を防いだ村国連男依や多臣品治、飛鳥古京を守る留守司を占拠した大伴連吹負らであった。

多臣品治は、田原本町多に所在する多神社の社家出身の武将であり、その子が『古事記』を筆録した太《おおの》朝臣安万侶《あそんやすまろ》であった。多臣品治は、持統十年（六九六）八月に亡くなったが、その子の太朝臣安万侶は、和銅四年（七一一）九月十八日に元明《げんめい（げんみょう）》天皇の詔《みことのり》により、『古事記』の撰録に従事し、翌、和銅五年正月二十八日に天皇に献上している。

なお多氏は、古来、「多」姓であるが、太朝臣安万侶から数代は「太《おお》」姓を名乗った。

田原本と壬申の乱

右にもふれたように、天武元年六月二十九日の早朝、大伴連吹負率いる大和の傑豪層は近江朝廷が飛鳥古京に置いていた留守司を襲撃し、占拠した。大伴連吹負は、直ちに大伴連安麻呂（大伴連馬来田・

吹負の兄弟の甥）らを美濃に派遣して、飛鳥制圧を報告させた。

翌七月一日、大伴連吹負の率いる軍勢は下《しも》ツ道をとり、「乃楽山《ならやま》（平城山）」を目指し進軍する。下ツ道を北上していることから、途中、西方に多神社を望み、また鏡作神社（田原本町八尾に所在）のすぐ東側の道を北進したことは確実である。

一行が大和郡山市稗田《ひえだ》に至った際、河内から近江朝廷軍が大和へ進入するとの情報が伝えられた。吹負は直ちに兵を分かって、龍田、大坂、石手道《いしてみち》、平石野《ひらいしの》に向かわせ、兵を率いて乃楽《なら》（平城）山へ進軍する。七月三日、大伴連吹負軍は、南下してきた近江朝廷の大野君果安《おおのきみはたやす》率いる軍と戦い、大敗した。吹負軍の兵員が少なかったからであろう。吹負は一、二の従者を率いて宇陀の墨坂《すみさか》に逃れた。その逃走ルートは不明である。

吹負軍を破った大野君果安軍は、平城山《ならやま》を下って中ツ道を南下し、香具山付近の「八口《やぐち》」の地まで至り、香具山から飛鳥古京を遠望している。中ツ道を南下しているから、田原本町蔵堂《くらんどう》に鎮座する村屋神社の境内を通ったことは確実であり、まことに興味深い。

「八口」の場所については未詳であるが、中ツ道を南下していることから、橿原市戒下町《かいげちょう》から香具山に登り、飛鳥故京を遠望したと思《おぼ》しい。大野君果安らが香具山から飛鳥古京を遠望すると、衢《ちまた》ごとに楯を立てているのを見て、伏兵がいるかと考え近江に引き上げた。

先にふれたように、大伴連吹負は宇陀の墨坂に逃れたが、たまたま美濃から大和へ派遣された置始《おきそめの》連菟《むらじうさぎ》の率いる千余騎と合流して勢いを盛り返し、横大路《よこおおじ》に面する金綱井《かなつない》（橿原市小綱町《しょうこちょう》付近）に本営を置いた。置始連菟も、壬申の乱の英雄の一人であった。

ここで置始氏についてふれておく。置始氏は大和を本拠としていたが、その所在地についてはこれまで言及されていない。偶然に気づいたので簡略に記す。

葛城《かつらぎ》市《し》新庄町大字寺口《てらぐち》の集落は小高いところにあって、置恩寺《きおんじ》（現在は無住）の境内に中世以来の墓地がある。墓標を見ていると「置始」氏とするものがあり、中世には布施氏とも名乗っていることを見い出した。布施城跡は、中世、大和における布施氏の居館として著聞する。置始氏については、『万葉集』にも置始東人、置始連長谷の歌がみえている。

大伴連吹負が金綱井に本営を置いた直後、壱岐史《いきのふひと》韓国《からくに》の率いる近江朝廷軍が大坂道（北葛城郡香芝《かしば》町《ちょう》付近）から大和へ進入した。大伴連吹負軍は当麻の葦池の辺で戦って撃破し、また金綱井の本営に戻った。その後、美濃・伊勢から紀阿閉麻呂《きのあへまろ》らの本隊が大和に到着したので、将軍大伴連吹負は軍勢を割《さ》いて上《かみ》ツ道・中《なか》ツ道・下《しも》ツ道に分かち、自らは中ツ道に当たった。

その直後、近江の将、犬養連《いぬかいのむらじ》五十君《いそきみ》は兵を率いて中ツ道を南下し、田原本町蔵堂《くらんどう》の村屋《むらや》の地に留まり、別将の廬井造《いおいのみやつこ》鯨《くじら》は二百の精兵を率いて、将軍吹負の本営を急襲した。吹負軍は手薄であった為に防ぐことが出来ず、大井寺の奴《やっこ》、徳麻呂ら五人の奮戦で、かろうじて鯨の率いる軍を食い止めた。ここにみえる大井寺の所在地は未詳。あるいは村屋神社の近くに所在したかと推測され、今後の調査が望まれる。

これまでにふれたように、天武元年（六七二）に勃発した壬申の乱の主たる戦場となったのは、近江路と大和であった。大和では、当麻の葦池の辺での戦いと、田原本町の村屋神社付近から桜井市箸中の箸墓古墳に及ぶ一帯で激戦が繰り広げられ、大伴連吹負が率いる大海人皇子軍が勝利し、壬申の乱は終結した。

壬申の乱の背景を考えると、天智六年（六六七）三月十九日に近江大津宮に遷都したことが要因の一つにあったかと思われる。

四世紀初頭前後に大和王権が成立し、それ以降、奈良時代に至るまで、歴代の王宮はほぼ一貫して大和に置かれた。例外として仁徳天皇の難波高津宮《たかつのみや》、反正《はんぜい》天皇の丹比柴籬宮《たじひのしばがきのみや》、継体天皇の樟葉宮《くずはのみや》・筒城《つづきの》宮《みや》・弟国宮《おとくにのみや》、孝徳《こうとく》天皇の難波長柄豊崎宮《なにわながらのとよさきのみや》を挙げうるが、それ以外の王宮は常に大和に営まれた。

しかるに天智天皇の近江大津宮は畿外の地に営まれた。その背景として、天智二年（六六三）八月に倭国と百済の連合軍は、白村江《はくすきのえ》での戦いで唐・新羅の連合軍に敗北したことが挙げられる。唐・新羅の連合軍が倭国へ進入する可能性があったからであろう。

近江大津宮への遷都は、そうした状況下に行なわれたものであり、畿内の諸豪族層にとっては、従来にも増して負担が増大し疲弊を招いたと思われる。古くからの大豪族であった大伴氏の馬来田・吹負の兄弟が、近江大津宮への出仕を辞して郷里の大和へ戻ったのも、そうした背景に基づくとみてよい。

壬申の乱に際し、大伴連吹負が率いる大和の傑豪《けつごう》層らが、近江朝廷が置いた飛鳥古京の留守司《るすのつかさ》を襲って占拠し、大海人皇子軍に加わったのも、そうした背景のもとにあった。壬申の乱に勝利した大海人皇子が飛鳥浄御原宮《きよみがはらのみや》で即位したのも、近江朝廷に対する、当時の官人層や民衆の違和感が大きく作用したとみてよい。壬申の乱によって近江大津宮は廃墟と化し、再び王宮が営まれることはなかった。

大和における壬申の乱は、古代大和における最大の内乱であり、とりわけ田原本町域から桜井市箸中にかけての一帯は、その主要舞台だったのである。村屋神社付近から箸墓古墳にかけての地域では、今後、壬申の乱に関わる遺跡や遺構・遺物、さらには『日本書紀』にみえる大井寺が検出される可能性があり、大いに期待したい。

田原本町の式内社

「はじめに」でふれた如く、『延喜式』巻九には、大和国十市郡に六座、城下郡に十四座の式内社が所在したことがみえ、田原本町町域内では、今も古代において式内社であった二十座の神社が現存している。

『延喜式』は、延喜五年（九〇五）に醍醐《だいご》天皇の勅により藤原時平《ときひら》（八七一―九〇九）らが編纂を開始し、延長五年（九二七）に藤原忠平らが奏進した。その後、断続的に修訂が行なわれ、康保四年（九六七）に施行された。全五〇巻にも及ぶ法令書である。

十市郡の六座は、多神社の多坐《おおにいます》弥志理都比古《みしりつひこ》神社二座と、多神社の摂社である皇子《みこ》神命《がみのみこと》神社、姫皇子命《ひめみこのみこと》神社、小杜《こもり》（社）神命神社、屋《や》就命《つきのみこと》神社の四座である。

なお摂社の屋就命神社は、もともと十市郡大垣村に所在していたが、明治二十二年（一八八九）の市町村制施行により磯城郡多村大垣となり、昭和三十二年（一九五七）七月一日に橿原市に編入され、現在では橿原市大垣町に所在する。

田原本町の南方域に所在した古代の十市郡は、多神社の社域とその周辺地域であり、多氏と同氏ゆかりの氏族や、主に農耕に従事する人々が居住した地で、十市郡内に住む人々は全て、多神社とその摂社の氏子とされていた。多神社の信仰圏の広大さを示すとともに、その由来の古さをも語るものであろう。

一方、田原本町の北方域は、古代には城下《しきげ》郡に所属し、城下郡十七座の内、倭恩智《やまとのおんち》神社、比賣久波《ひめくは》神社、糸井《いとい》神社を除く十四座が田原本町町域内に所在し、現在に至っている。

十四座とその所在地を示すと、村屋坐弥富都比売《むらやにいますみほつひめ》神社（田原本町蔵堂《くらんどう》）、池坐朝霧黄幡比売《いけにいますあさぎりきはたひめ》神社（〃法貴寺《ほうきじ・ほうけいじ》）、鏡作坐天照御魂《かがみつくりにいますあまてるみたま》神社（〃八尾）、千代《ちしろ》神社（〃阪手《さかて》北）、岐多志太《きたした》神社二座（〃大木《おおぎ》）、服部神社二座（〃村屋坐弥富都比売神社境内）、富都《ふつ》神社（〃富本《とんもと》）、村屋神社二座（〃村屋坐弥富都比売神社境内）、鏡作伊多《かがみつくりのいた》神社（〃宮古・保津の境界に鎮座）、鏡作麻気《まけ》神社（〃小阪《こだか》）、久須須美《くすすみ》神社（〃村屋坐弥富都比売神社境内）である。

城下郡の十四座の内、村屋坐弥富都比売神社、池坐朝霧黄幡比売神社、鏡作坐天照御魂神社の三社が、延喜式内大社であった。とりわけ注目されるのは、村屋坐弥富都比売神社（以下、村屋神社とする）であろう。田原本町蔵堂《くらんどう》字大宮に所在し、村屋社または守屋《もりや》社と通称される。

田原本町の東端近くを流れる大和川（初瀬川）の西方域に、村屋神社の広大な社叢《しゃそう》が広がり、その中を中《なか》ツ道が南北に走っている。村屋神社の本殿は、その中ツ道の直上に鎮座しており、きわめて珍しい。奈良盆地を南北に走る上・中・下ツ道は、斉明天皇の時代（六五五―六六一）に敷設《ふせつ》されたとみてよいが、それ以前に本殿はすでに所在していたと思《おぼ》しい。

天武元年（六七二）六月に生起《せいき》した壬申の乱については先に言及したが、村屋神社の広大な社叢の周辺地域や、村屋神社のすぐ東南に所在する箸墓《はしはか》古墳（桜井市箸中《はしなか》に所在。全長二八〇メートルの巨大前方後円墳）付近で、壬申の乱における最後の戦闘が繰り広げられた。

村屋神社の一帯は、大和における壬申の乱の終結の舞台となったのであり、田原本町における記念すべき歴史遺産と言ってよい。村屋神社とその周辺地域に、近江朝廷軍の兵舎や武器庫が所在していた可能性があり、また村屋神社から箸墓古墳に及ぶ一帯では、大伴連吹負軍と近江朝廷軍との激戦があったから、今後の発掘調査でその痕跡が明らかになる可能性もあるかと思われる。

それに加えて注目されるのは、村屋神社の境内に服部《はとり》神社二座が鎮座することである。服部神社の呼称からすれば、村屋神社の境内に機織りを職掌とする服部《はとりべ》の伴造《ばんぞう》氏族が居住していた可能性が大きい。村屋神社の祭神に献ずる衣服のみならず、織られた布は近隣の城下郡内に住む人々の内にも広く用いられた可能性がある。また田原本町法貴寺に鎮座する池坐朝霧黄幡比売神社も、「朝霧黄幡」の呼称からすれば、機織《はたお》りに従事した人々の存在を想定できる。

田原本町法貴寺の地は、秦氏ゆかりの地であったと伝える。鎌倉時代から室町時代にかけて作られた『皇代記《こうだいき》』に、聖徳太子が法起寺《ほうきじ》（「法貴寺」とも記す）を建立して、秦川勝《はたのかわかつ》に与えたと伝える。後代の伝承であって、もとより信を置きたいが、中世、その鎮守天満宮に法貴寺氏が結集し、長谷川党と称して春日社、興福寺に参仕したことで知られる。

次いで注目されるのは、田原本町町域の北部、古代の城下郡内に鏡作《かがみつくり》神社の所在することである。田原本町町役場から、北へ三〇〇メートルほどの所に鏡作神社が鎮座し、正式には鏡作坐天照《かがみつくりにいますあまてる》御魂《みたま》神社と称する。「鏡作の地に坐《いま》す（おいでになる）天照御魂の神を祀る神社」の意。

その社名からすれば、鏡を制作する集団が古代においてすでに所在していたことを示していて、注目される。今日においても、全国の鏡製造業者の信仰が厚い。田原本町町内では、さらに田原本町保津《ほっ》に式内社の鏡作伊多《いた》神社、寺川右岸（東側）の田原本町小阪《こだか》に、式内社の鏡作麻気《まけ》神社が所在する。

こうしてみれば、田原本町町域北部の古代の城下郡では、鏡作坐天照御魂神社を中心に、鏡作伊多神社、鏡作麻気神社の三社がごく近接して所在していたのであり、全国的にみてもきわめて珍しい。さらに田原本町八尾に北接する磯城郡三宅町石見《いわみ》にも、鏡作神社が所在している。式内社ではないが注目してよい。

また鏡作神社のすぐ東を流れる寺川の東北一帯に、唐古・鍵遺跡が広がっており、注目される。唐古・鍵遺跡が終焉した後にも、工人集団の一部が鏡作の地を拠点として、鏡を制作していた可能性が大きい。

中央構造線が走る吉野川流域沿いに、金・銀・銅・鉄などの鉱石が分布することから、弥生時代から銅鏡や銅鐸の製作が行なわれていた。奈良盆地を流れる諸河川、とりわけ寺川《てらかわ》を利用すれば、鏡作の地で銅鏡を製作することは十分に可能だったとみてよい。

以上のことを踏まえれば、古代の田原本は奈良盆地のほぼ中央に位置し、東に中ツ道、中央に下ツ道、その西方域に筋違道が所在し、またそれぞれの道を東南東に結んで、箸墓古墳近くに延びる道もあった。また初瀬川（大和川本流）や寺川の水運を利用する便もあったことから、近世には大和の中枢の地として大いに栄えたのである。

なお古代の田原本については、昭和六十一年（一九八六）九月一日発行の『田原本町史 本文編』歴史編（古代）の第一章に故 池田源太、第三章に故 秋山日出雄の両氏による論文があり、また私も第二章で「古代の田原本」を執筆しているので、参照されたい。

2　多氏と多神社

和田　萃

奈良県磯城《しき》郡田原本町《たわらもとちょう》多《おお》の地は、田原本町域の最南端に位置し、橿原市と接している。多集落から少し西方に離れた所に多神社《おおじんじゃ》が鎮座し、広大な社叢が広がり、そのすぐ西側を飛鳥川が流れる。かつての社域は、方六町（一町は約一〇九メートル）と伝えられており、社域の東西南北に、それぞれ大鳥居が立てられていた。今では東の大鳥居のみが、田原本町と橿原市西新堂町《にししんどうちょう》との境に近い下《しも》ツ道に面した寺川河畔に立つ。

私事にわたり恐縮であるが、私は車を運転しない（出来ない）。それで専ら電車かバスを利用し、奈良盆地とその周辺を歩いている。多神社を訪ねる折も、近鉄橿原線の新口《にのくち》駅か笠縫《かさぬい》駅で下車し、両駅のすぐ東側を走る下ツ道を歩き、多神社の東の大鳥居に至る。大鳥居から西へ道を下り、多集落を抜けて西へ進むと多神社があり、広大な社叢が広がる。奈良県下でも屈指の社叢であろう。

なお下ツ道は、橿原市上品寺町《じょうぼんじちょう》付近から北方の田原本町八尾《やお》付近まで、ほぼ寺川左岸の堤防上を走っている。

多神社の社叢南端付近から見る景観は、まことに素晴らしい。大和国原《くにはら》を一望できる。ほぼ真東に三《み》輪山《わやま》があり、西方を望むと二上山《にじょうさん》が際立つ。三輪山と二上山は、偶然のことではあるが、ほぼ真東西に位置し、その線上の中心に多神社が鎮座する。また真南に畝傍山を望み、古くからその北麓には、多氏の祖、神八井耳命《かむやいみみのみこと》を葬った地があると伝える。

また西南に、葛城山《かつらぎさん》（標高九五九・七メートル）と金剛山（標高一一二五・三メートル）を望む。とりわけ金剛山は、奈良盆地を囲む青垣の山々の内、唯一、一〇〇〇メートルを超える山で、まことに雄大。晴れた日の山容はすばらしい。

多神社

田原本町多の地は、明治二十二年（一八八九）に市町村制が施行された当時、十市《とおいち》郡多村であった。昭和三十一年（一九五六）九月三十日の町村合併促進法公布に際し、田原本町多となったが、翌年の昭和三十二年七月一日に、かつての多村に所属した飯高《ひだか》・大垣・豊田・西新堂・新口《にのくち》は、橿原市に分割された経緯がある。

多神社の鎮座地は大和国十市郡の飫富《おふ》郷で、古代の有力豪族、多氏の本拠地であり、神八井耳命（神武天皇皇子）を祖としていた。

『延喜式』巻九・巻十にみえる神名帳によれば、大和国十市郡十九座の内に、多坐《おおにいます》弥志理都比古《みしりつひこ》神社二座（並名神大。月次。相嘗。新嘗。）がみえている。祭神は、神武天皇、多氏の祖である神八井耳《かむやいみみの》命《みこと》（神武天皇皇子）、神渟名川耳命《かむぬなかわみみ》（第二代の綏靖《すいぜい》天皇）、姫御神の四柱である。また摂社として、皇子神命神社、姫皇子命神社、小社《こもり》神命神社、屋就神命《やつきのかみのみこと》神社がみえ、以上の四神を本社の「皇子神」と注記している。国中《くんなか》にあっては、大神《おおみわ》神社、村屋神社、大和《おおやまと》神社と並ぶ式内大社であった。なお『延喜式』には、大社、太社、意富社とも記す。

「多坐弥志理都比古神社二座」の社名については、その由来が判然としない。「多坐《おおにいます》」は、「多の地に坐す」の意。「弥志理都比古神」の神名についてはよくわからないが、「弥」は「水」、「志理」は「領《し》り・知り」の意であるから、「水の流れ、川の流れを支配する神」の意とみてよい。二座とあることから、多神社の西側を流れる「飛鳥川の水を支配する男神と女神を祀《まつ》る神社」の意かと思われる。

多神社に伝えられているところでは、多氏の初代は神武天皇皇子の神八井耳命であり、その十五代目が太朝臣安万侶《おおのあそんやすまろ》であった。さらに安万侶から数えて第五十一代目が、現宮司の多忠記《ただふみ》氏である。田原本町とその周辺地域では、「太安万侶」と呼び捨てにせず、親しみを込めて「安万侶さん」と呼ぶ。ゆかしい習いである。

正倉院に伝わる天平二年（七三〇）の「大倭国《やまとのくに》正税帳」によれば、十市郡の太《おお》（多）神戸《かんべ》の稲の収穫量は一万六九〇束《そく》九把《わ》で、その内の五八束が太神社の祭神料・神嘗《かむなめ》酒料として宛てられていた。それに対し、城上郡の大神神戸《おおみわのかんべ》の稲の収穫量は四四七五束七把で、その内の四五六束四把が祭神料・神嘗酒料・神田の種稲・祝部《はふりべ》三人の食料として宛てられていた。

こうしてみると奈良時代には、太（多）神社がいかに富裕であったかを示している。なお「神戸」は、古代に特定の神社に施入された封戸《ふこ》（「神封」とも）で、神戸の租庸調《そようちょう》は神社の造営や供物に充てられた。

大同元年（八〇六）の『新抄格勅符抄』によれば、多神社の「多神《おおのかみ》」には六十戸（大和十戸、播磨三十五戸、遠江十五戸）の封戸《ふこ》が与えられていた。ちなみに大神神社の「大神神」の封戸は百六十戸にも及び、その内訳は、大和四十五戸、摂津二十五戸、遠江十戸、美濃五十戸、長門三十戸である。平安初期には、多神社は衰退の兆しが少し見え始めていたとみてよい。

延喜元年（九〇一）に撰上された『日本三代実録』によれば、貞観元年（八五九）正月二十七日に、多神社は従三位勲八等から正三位に進叙されている。

康保四年（九六七）に施行された『延喜式』巻九によれば、十市郡十九座の内に多坐弥志理都比古神社二座（並びに名神大、月嘗、相嘗《あいなめ》、新嘗《にいなめ》）がみえ、弥志理都比古神と弥志理都比賣神を祀っていたとみてよい。また皇子神命神社、姫皇子命神社、小杜《こもり》神命神社、屋就《やつき》神命神社の四神は、「大社の皇子神」とみえる。

『大和志科』に引く「五郡神社記（和州五郡神社大略注解）」（『大和志科』の下巻に所収、歴史図書社、昭和四十五年二月十五日発行）は、久安五年（一一四九）三月十三日に多神社禰宜《ねぎ》の従五位下多朝臣常麻呂、祝部《はふりべ》正六位上肥直尚弼、祝部正六位下川邊連泰和らが、新国府守藤原朝臣に謹上したものであり、当時の多神社（意富六處神社）について、以下のような記述がみえている。

神名帳にみえる大和国十市郡の多坐弥志理都比古神社二座は、意富郷意富（多）村の平森《ひらもり》に所在し、現在は四座である。四座の内、左の二座は水知津彦神と火知津姫神で、大宮と称して大祀に預かり、右の二座に坐す彦皇子神命と姫皇子神命は、若宮と称して小祀に預かる。水知津彦神は、多神社のすぐ西を流れる「飛鳥川の水を治める神」の意であろう。また合殿《あいどの》二座は小社神命と屋就神命で、別宮と称して小祀に預かる。

本社から南二町の平森にある若宮の四神は大社の皇子神で、神名帳にみえる。また「多神宮注進状（草案）」には、大宮二座として珍子賢津日霊神尊と天祖聖津日霊神尊がみえている。こうしてみると平安末期における多神社は、『延喜式』の段階とは大きく異なっており、祭神も大きく変化していたことが判明する。

多神社と少子部氏

これまでの多地区における発掘調査によれば、弥生時代の前期中頃に多遺跡が出現し、前期の末頃には、二条の環濠に囲まれた集落が形成されていた。環濠内部の面積は約一〇ヘクタールで、当時としては大規模なもの。木製品や中期後半の銅剣の切っ先、絵画土器などが出土している。遺跡の東端では、弥生中期から後期の環濠が検出されており、奈良盆地における拠点的な集落であったことが判明している。

多遺跡から四～五キロメートルの範囲に、拠点集落である唐古・鍵遺跡（田原本町唐古・鍵）、中曽司《なかそじ》遺跡（橿原市中曽司）、坪井・大福《だいふく》遺跡（桜井市大福）などがあり、相互の関係が注目されている。

古墳時代になると、多遺跡では東海系の台付甕や初期須恵器が出土しており、断続的に継続していたらしい。また多遺跡の第十次調査では、滑石製の臼玉なども出土していて、祭祀的要素のあったことを示している。

昭和十二年（一九三七）に、多神社から北北西へ約一キロメートルほどの所で、団栗山《どんぐり》古墳が発見され、粘土槨の周辺から、須恵器・蛇行状《だこうじょう》鉄器・環頭、雲珠《うず》・杏葉・辻金具・馬鈴などの馬具が出土した。出土品からみて、古墳時代後期（六世紀頃）のもので、渡来系氏族との関連が指摘されている。

蛇行状鉄器は珍しいもので、高句麗の古墳壁画にみえ、おそらく鞍に取り付けて旗などを立てたものと推定されている。団栗山古墳出土の蛇行状鉄器からみて、六世紀代に高句麗から渡来した人々が、すぐ西方域の田原本町矢部《やべ》・新木《にき》付近に居住していた可能性が大きい。

多神社がいつ頃、創祀されたのか未詳であるが、多氏と同族の少子部《ちいさこべ》氏の伝承に少し手掛かりがある。

多氏の同族である少子部（小子部・小児部）氏は、多神社西方域の橿原市飯高町《ひだかちょう》の地を本拠としていた。今も飯高集落の西方、瑞花院の西隣に子部《こべ》神社が鎮座し、祭神七柱の筆頭を小子部命とする。『三代実録』によれば、貞観元年（八五九）正月二十七日に、式内社の子部神社は従五位に昇叙された。また子部神社の西南約五〇メートルの所にも、子部神社（蜾蠃《すがる》神社）と称する小祠があって、育児神として信仰されている。

少子部氏の出身で実在したことが確実なのは、壬申の乱で活躍した少子部連鉏鉤《さひち》である。『日本書紀』の天武元年（六七二）六月二十七日条によれば、尾張国国司の少子部連鉏鉤は二万の兵を率いて、美濃に留まっていた大海人皇子《おおあまのみこ》（後の天武天皇）の元へ駆けつけ、味方したとみえる。

また壬申の乱後の天武元年八月二十五日条には、尾張国司の少子部連鉏鉤は山に匿《かく》れて自ら死んだことがみえる。それを聞いた大海人皇子は、「鉏鉤は、有功《いさを》しき者なり。罪無くして何ぞ自ら死なむ。其れ隠せる謀《はかりこと》有りしか」と言ったという。その理由は判然としないが、自らは近江朝廷に味方しようと考えていた節もある。

『日本書紀』によれば、天武十三年（六八四）十一月一日、五十二氏に「朝臣《あそみ》」の姓を賜わったが、その内に多臣がみえている。また同年十二月二日には、大伴連以下、五十氏に宿禰の姓を賜わったが、その内に少子部連がみえる。多氏と少子部氏は同族であるが、右の記述から多氏が本宗であったとみてよい。

少子部連蜾蠃の伝承

『古事記』上巻では、序文に「臣安萬侶」「太朝臣安萬侶」とみえ、本文では中巻の神武天皇段の最後に、神八井耳命の後裔として、意富臣・小子部連から尾張の丹羽臣・島田臣に至る十九氏を記すにすぎない。意富臣や小子部連についても、その実態に関わる記述は全くない。

一方、『日本書紀』では、雄略六年三月七日条と同七年七月三日条に、注目すべき伝承がみえている。なお少子部連「蜾蠃《すがる》」については、以下、「スガル」とする。

雄略六年三月七日に、雄略天皇は后妃らに養蚕をさせようと考え、少子部連スガルに国内の蠶《こ》（蚕）を集めるように命じたところ、スガルは誤って幼児（幼子）を集め、天皇に献上した。スガルは「コカヒ（養蚕）」を、「子を育てる」意と誤解したのである。雄略は大いに笑って嬰児らをスガルに賜い、「自ら養うように」と命じた。それでスガルは、嬰児らを大宮の垣のもとで養ったので、少子部連の姓を賜ったと伝える。

また雄略七年七月三日条にも、以下の伝承を記す。雄略天皇は少子部連蜾蠃に詔して、「三諸岳《みもろのをか》（三輪山）の神（大物主神）の姿を見たい。汝は強力だから、自ら赴いて捉えてくるように」と命じた。スガルは「試《こころみ》に捉《とら》えてきます」と言上して三諸岳に登り、ヲロチ（大蛇）を捕えて、天皇に献じた。ところが雄略天皇は斎戒していなかったので、ヲロチは雷鳴を轟《とどろ》かせ眼を輝かせた。それで雄略は畏《かしこ》まって眼を覆い殿中に入り、スガルに命じてヲロチを三諸岳に放させた。それで改めてスガルに、「雷《いかづち》」の名を賜ったと伝える。

伝承の域を出るものではないが、雄略朝に少子部氏が活躍したことを伝えるものとみてよい。そうした視点に立てば、少子部連の本宗である多氏は、多の地を本拠として農耕に従事すると共に、大王に仕えて活躍する者や、「神マツリ」に奉仕する神主らも居住していたのであろう。

『古事記』の雄略天皇段には、三諸岳（三輪山）のヲロチ退治の伝承がみえないのに対し、『日本書紀』には記述がみえ、雄略天皇をより神格化している。『万葉集』の巻頭歌が、雄略の「籠《こ》もよ　み籠持ち　掘串《ふくし》もよ　み掘串持ち」で始まるのも、そのことと深く関わっているのであろう。

少子部連蜾蠃をめぐる伝承は、弘仁十四年（八二三）前後に、奈良薬師寺の僧景戒《きょうかい》により撰述された『日本霊異記』の巻頭第一話に、詳しく述べられている。記述は詳細で、当時の飛鳥を中心とした一帯を舞台としており、道筋についても詳細で興味深い。その道筋は現在も往昔《おうせき》のまま残っており、歩くことが出来る。大和の歴史の古さ、豊かさを示すものであろう。以下、スガルが雷を追った道筋を示す。

雄略天皇の命で、スガルは泊瀬朝倉宮から馬に乗って雷《いかづち》を追う。三輪山西南麓の海石榴市《つばいち》付近で初瀬川（大和川本流）を渡り、桜井市外山《とび》から市内中心部へ。寺川に架かる小西橋を渡って、奈良盆地を真東西に走る横大路《よこおおじ》に入り、すぐ西方の桜井市仁王堂で、南に伸びる阿倍山田道に入ったとみてよい。阿倍寺付近から西南へ伸びる山田道をとり、飛鳥の雷丘《いかづちのおか》へ。そこで飛鳥川を渡り、豊浦寺のすぐ北方を西に伸びる道をたどり、軽《かる》の諸越《もろこ》しのチマタへ（現在の丈六交差点付近）。その場所は、近鉄橿原線の橿原神宮前駅のすぐ東方、国道一六九号線を渡った石川池（剣池）付近とみてよい。

そこからスガルは引き返し、豊浦寺と飯岡《いいおか》との間に落ちた鳴る雷を捉《かみ》えて、雄略天皇のもとに届けた。しかし鳴神《なるかみ》は雷光を放って輝いたので、雄略天皇は恐れて供物を充分にささげ、スガルに命じて落雷した所に返させた。それで今も「雷《いかづちの》 丘《おか》」と呼び、古京の小治田宮の北にあると記す。

その後、スガルは亡くなったが、天皇は雷の落ちた同じ所にスガルの墓を作り、碑文の柱を立てて、「雷を取りし栖軽《すがる》の墓」とした。それを怨んだ雷は鳴り落ちて、碑文の柱を蹴ったり踏んだりしたので柱に挟まれ、捕えられた。天皇はそれを聞いて雷を放ったが死なず、七日七夜、留まった。それで天皇の勅使は碑文の柱を建て、「生きても死にても雷を捕へしスガル（栖軽）が墓」とした。世に言う「古京（飛鳥・藤原京）」の時に、「雷の岡」と称されるようになったとする。

『日本霊異記』にみえる伝承にすぎないが、現在にも続く古道を踏まえたものであり、往時の道筋や景観が今もよく残っていて、寔《まこと》に貴重な文化遺産と言うべきものである。是非とも往昔の古道を歩かれることを、お勧めしたい。

なお少子部氏については、弘仁六年（八一五）に成立した『新撰姓氏録』の左京皇別上に、多朝臣に次いで小子部宿禰がみえ、「多朝臣同祖」とする。藤原宮跡や平城宮跡から、「少子部門」「小子門」と書かれた木簡が出土しており、少子部氏の名を付す宮城門が藤原宮・平城宮に所在したことが確実になった。少子部氏は、大化前代から門部《かどべ》の負名氏の一員であったと考えられる。

奈良時代の正史である『続日本紀』には、少子部はみえない。『日本後紀』の弘仁二年（八一一）三月九日条に、武蔵国の人、正六位下小子宿禰身成を左京に貫したとみえ、また『続日本後紀』承和十三年（八四六）五月二十七日条に、従五位下小子部連諸主を典縫とした記事がみえるにすぎない。

多氏とその一族

多氏は太氏、意富氏ともみえる。久安五年（一一四九）の「多神宮注進状」によれば、太朝臣安麻呂は「多」を「太」に改めたが、後に子孫は「多」に戻したとする。「多」に復旧したのは宝亀元年（七七〇）十月二十三日以降であった。

多氏の祖は、『古事記』『日本書紀』や『新撰姓氏録』に、神武天皇皇子の神八井耳命とし、その十五代目が太朝臣安万侶であり、また太朝臣安万侶から五十一代目が、現宮司の多忠記《おおただふみ》氏である。

偶然のことであるが、多宮司と私は田原本中学校での同級生であり、三年生の折には同じクラスであった。そうしたこともあって、多神社について教示いただくことも多く、まことに有りがたいことである。

『日本書紀』の景行十二年九月条に、多臣の祖として武諸木《たけもろき》の名がみえており、注目される。一方、『古事記』では、中巻の神武天皇段の末尾に、神武天皇の子である神八井耳命《かむやいみみのみこと》の後裔として、左記の意富臣《おほのおみ》以下、島田臣に至る十九氏族を挙げている。列挙すると以下の通り。

意富臣、小子部連、坂合部連、火君《ひのきみ》、大分君、阿蘇君、筑紫の三家連《みやけのむらじ》、雀部《さざきべ》臣、雀部造、小長谷造、都祁直《つげのあたい》、伊予の国造《くにのみやつこ》、科野《しなの》の国造、道の奥の石城《いわき》の国造、常道《ひたち》の仲国造、長狭国造、伊勢の船木直、尾張の丹波臣、島田臣等の祖なり。

ここにみえる十九氏は、五世紀後半以後に成立した多氏の同族系譜と言うべきもので、『古事記』にみえる神武天皇皇子の神八井耳命を祖とする系譜ではない。それを明瞭に示すのは、伊予の国造、科野の国造、道の奥の石城の国造、常道の仲国造、長狭国造である。

国造制の成立は、五世紀後半の雄略朝から六世紀初頭の継体朝にかけての時期であったから、右の十九氏の大半は擬制的なものと思われる。実質的な意富臣（多氏）の同族は、大和を本拠とする小子部連・坂合部連や小長谷造・都祁直であり、伊勢の船木直、尾張の丹波臣、島田臣も多氏と交流があったとみてよい。

壬申の乱と多臣品治

八、九世紀に編纂された漢文体の勅撰史書として、『日本書紀』『続日本紀』『日本後紀』『続日本後紀』『日本文徳実録』『日本三代実録』があり、「六国史《りっこくし》」と称する。「六国史」にみえる多氏の人々を取り上げよう。まず壬申の乱における英雄であった、多臣品治《おおのおみほむぢ》について言及する。多臣品治は、後にふれる『古事記』の筆録者、太朝臣安万侶の父であり、壬申の乱で活躍した武将でもあった。

『日本書紀』には、壬申の乱に際し大海人皇子《おほしあまのみこ》（後の天武天皇）の所領であった美濃国安八磨《あはちま》郡の湯沐《ゆの》令《うながし》（湯沐の長官）として、多臣品治が登場する。湯沐は、東宮（大海人皇子）に支給されていた食封《じきふ》（給与・封戸）で、多臣品治はその管理者であった。

天智十年（六七一）十月十七日に近江宮で出家した大海人皇子（後の天武天皇）は、十月十九日に菟野《うの》皇女（後の持統天皇）や幼い子供たち、舎人《とねり》・女官らを伴い、大和の吉野宮（吉野離宮）に赴いた。

　壬申の乱勃発の前夜、吉野の宮滝（奈良県吉野郡吉野町宮滝）の地で半年余を送っていた大海人皇子（後の天武天皇）は、天武元年（六七二）六月二十二日、美濃出身の舎人、村国連男依《むらくにのむらじをより》・和珥部臣君《わにべのおおきみ》手《て》・身毛君廣《むげのきみひろ》の三人に、美濃に急行して安八磨郡の湯沐令である多臣品治に告げて同郡の兵を動員し、美濃の国司らにも伝えて諸軍を差発して、急ぎ不破の道を塞ぐように命じた。壬申の乱の勃発である。

　多臣品治は、安八磨郡の湯沐令であったが武人でもあり、六月二十五日の夕刻には、兵を率いて不破の道を塞いでいる。壬申の乱に際して、大海人皇子軍が最終的に勝利した最大の要因は、近江朝廷軍に先んじて不破の道を押さえたことにあった。不破の関から東国に及ぶ兵の全てを、大海人皇子軍とすることが出来たのである。多臣品治は不破の道を塞《ふさ》いだ後も、三千の兵を率いて莿萩野《たらの》（三重県上野市荒木）に至って駐屯し、近江の別将、田邊小隅率いる近江軍が鹿深山《かふかのやま》を越えて攻撃した際、それを撃退している。

　「1　古代の田原本」でも述べているように、壬申の乱は近江路だけではなく、奈良盆地でも激戦が繰り広げられた。奈良盆地北端の平城山《ならやま》付近、横大路《よこおおじ》西端の葛城市磐城《いわき》から当麻に及ぶ一帯、そして中ツ道に位置する田原本町蔵堂《くらんどう》の村屋神社から、桜井市箸中《はしなか》の箸墓《はしはか》古墳付近に至る一帯である。とりわけ村屋神社から箸墓古墳に至る一帯は、壬申の乱における最後の激戦地であり、田原本の古代を考える上で、まことに重要な遺跡地と言ってよい。今後の調査が注目される。

　そしてまた壬申の乱では、田原本町多の出身である多臣品治が美濃に所在した大海人皇子の湯沐令であり、不破の道を塞ぐ大功を立て、また伊賀の莿萩野では、近江朝廷軍を撃破した武人でもあった。その多臣品治の子が『古事記』の筆録者、太朝臣安万侶《おおのあそんやすまろ》である。田原本町と多氏・多神社との関わりはまことに深い。注目すべきことであろう。

多氏の人々

久安五年（一一四九）の『多神宮注進状』に、多臣品治の子として太朝臣安麻呂（安万侶）がみえる。先にもふれたように、「多（太）氏系図」によれば、多氏の祖は、初代の神武天皇の皇子、神八井耳命で、その神八井耳命から第十五代目が太朝臣安万侶であり、また太朝臣安万侶から第五十一代目が現在の多忠記宮司である。

『日本書紀』の景行十二年九月条に、多臣の祖として、「武諸木《たけもろき》」の名がみえ、多氏系図にも神八井耳命から第五代として、「多臣の祖、武諸木」がみえている。『古事記』の神武天皇段では、神武天皇皇子の神八井耳命の後裔として、九州の火君・大分君・阿蘇君・筑紫三宅連を挙げていることから、武諸木の伝承は、これら九州の豪族が多氏の同族系譜に編入された段階で成立したものであろう。

また「多氏系図」では、第十三代の宇気古《うけこ》を安万侶の祖父、第十四代の多臣品治を安万侶の父とする。安万侶の祖父にあたる宇気古については他にみえないが、『日本書紀』巻第二十七の冒頭、斉明七年（六六一）九月条に、中大兄皇子は長津宮において、百済の義慈王の王子、余豊璋に織冠を授け、また多臣蒋敷《こもしき》の妹を妻として娶《めと》らせ、大山下《だいさんげ》の狭井連《さいのむらじ》檳榔《あじまさ》・小山下《しょうさんげ》の秦《はたの》造《みやつこ》田来津《たくつ》を遣わして、軍勢五千余を率いて余豊璋を百済に衛《まも》り送らせたとみえる。宇気古は多臣蒋敷とみてよい。

多臣蒋敷の妹は、余豊璋に伴われて百済に赴いたのであり、まことに興味深いことである。そうした背景を考えると、多氏は従前から百済とも密接な関わりを有していたとみてよい。後にもふれることであるが、太朝臣安万侶はわずか四ヵ月余で『古事記』を撰録し、元明天皇に献上したが、その背景には多氏が古くから百済との関わりが深く、百済の文化や歴史に習熟していたことを示している。

多臣蒋敷の子、多臣品治は壬申の乱における英雄の一人であった。久安五年（一一四九）の『多神宮注進状』では、品治は多臣蒋敷の子で、品治の子が安麻呂とする。

「多氏系図」によれば、多臣品治の子として、安万侶・道万侶・宅成・遠建治《をけじ》の四人がみえており、長子の安万侶は後に多氏の氏上《うぢのかみ》となった。道万侶以下の三人については、『続日本紀』にみえない。なお多氏は、安万侶から遠建治・國吉・徳足の四代は太氏を名乗り、宝亀元年（七七〇）十月二十三日以降、再び多姓を名乗るようになって、現在に至っている。

壬申の乱後の天武十二年（六八三）十二月十三日から、小錦下《しょうきんげ》（従五位下相当）の多臣品治は大錦下羽田公八國・小錦下中臣連大嶋らと共に、諸王五位の伊勢王に従って天下を巡行し、諸国の境界を定める事業に従事したが、十分な成果を得るに至らなかった。

翌、天武十三年（六八四）十一月一日、多氏は朝臣《あそん》の姓《かばね》を賜わる。同十四年（六八五）九月十八日、多朝臣品治は宮處王ら九人と共に御衣《おんぞ》の袴を賜った。また持統十年（六九六）八月二十五日には、品治が美濃国の安八磨郡の湯沐令《ゆのうながし》（湯沐の長官）であった時から、壬申の乱が終焉するまで大海人皇子に従い、不破の関を守ったことが賞されて、直廣壹（正四位下相当）を賜っている。

以後、『日本書紀』には、多臣品治についての言及がないので、持統朝の末年に没したとみてよい。壬申の乱、勃発時に、多臣品治が三十歳前後であったとすれば、五十歳半ばで逝去したことになる。

太朝臣安万侶とその墓誌

多朝臣品治の子であった太朝臣安万侶（安麻呂）の経歴を、『続日本紀』の記事から拾ってみよう。

太朝臣安万侶についての最初の記述は、大宝四年（七〇四）正月七日条にみえ、正六位下から従五位下に昇叙された。和銅四年（七一一）四月五日に正五位下に進み、同八年（七一五）正月十日には従四位下となり、同年五月頃に民部卿に就任したらしい。霊亀二年（七一六）九月二十三日に氏長《うじのかみ》となり、養老七年（七二三）七月七日、民部卿従四位下太朝臣安麻呂は卒した。

注目されるのは、『続日本紀』にはみえないが『古事記』の序文によれば、和銅四年（七一一）九月十八日に元明天皇は太朝臣安万侶に、「稗田阿礼《ひえだのあれ》が誦《よ》める勅語の旧辞を撰《えら》び録して献上せよ」と下命したことである。

『古事記』序文に、縷縷《るる》、記されているように、天武天皇は諸家で所有する、あるいは諸家から宮廷に提出された「帝紀」と「本辞」がすでに正実に違い、多くの虚偽を加えていることを嘆き、「帝紀を撰録し旧辞（本辞）を検討して、偽りを削り実を定め、後世に伝えたい」と考え、当時、二十八歳で聡明な舎人《とねり》の稗田阿礼に勅語して、「帝皇の日継（歴代の系譜）」と「先代の旧辞（昔の物語）」を誦習させた。

しかし時は流れ世相も変化して、天武朝に行なわれた帝紀と旧辞の削偽定實《さくぎていじつ》の成果は、人々に知られることもなく捨て置かれた。そうした状況下において、元明天皇の太朝臣安万侶への下命により、稗田阿礼が誦習していたところを、安万侶は種々の工夫をこらして文章化し、わずか四ヵ月余で元明天皇に献上した。太朝臣安万侶の文才たるや、まことに卓越したものだったのである。

よく知られているように、昭和五十四年（一九七九）一月二十一日、奈良市此瀬町《このせちょう》の丘陵で、同町にお住まいの竹西英夫氏夫妻によって、「太朝臣安萬侶」と記す墓誌が発見された。直ちに奈良県立橿原考古学研究所（橿考研）により、墓誌出土地の発掘調査が実施され、墓の構造が明らかとなった。

丘陵の南側斜面に方約二メートル、深さ約一・五メートルの土壙を設け、その内に木炭槨を築き、槨内に火葬骨を納めた木櫃を安置しており、墓誌は、木櫃の下面に接し文字を下に向けて埋められていた。また副葬品とみられる真珠四粒も検出されたのである。

発掘調査中に橿考研から連絡があり、調査現場を実見することが出来、まことにありがたいことであった。発掘担当の前園実知雄さんから詳しい説明を受け、『古事記』を筆録した太朝臣安万侶は、実在した人物であることを確信した。田原本町出身の私にはまことに嬉しく思われ、従来にも増して「安万侶さん」がごく身近な人と思えるようになったのである。また発掘調査地からの眺望がまことに優れており、「安万侶さん」の奥津城に相応しいと思われた。

墓誌の銘文は以下の如くである。

「左京四條四坊従四位下勲五等太朝臣安萬侶以癸亥
　年七月六日卒之。　養老七年十二月十五日乙巳」

太朝臣安万侶の墓は、昭和五十五年（一九八〇）二月十九日に国史跡に指定され、翌、昭和五十六年（一九八一）六月九日には、太朝臣安万侶墓誌一枚（附、真珠四顆）が重要文化財に指定された。

その後、発掘調査地とその周辺は整備され、各地から多くの人々が訪れる公園となっている。古都奈良を訪ねられた折、日程に余裕があれば、是非とも少し足を伸ばして、奈良市此瀬町の太朝臣安万侶の終焉《しゅうえん》の地を見学されたい。奈良市内から奈良名張線のバスに乗り、矢田原口のバス停で下車、北へ約一・五キロほど歩けば、奈良市此瀬町の「安万侶さん」の奥津城《おくつき》に到る。春秋の好季節に訪ねられたら、と思う。

墓誌の内容はまことに簡素で、「平城京の左京四條四坊に住む、従四位下で勲五等の太朝臣安萬侶は、癸亥《きがい》の年（養老七年）七月六日に亡くなった。墓に葬られたのは養老七年十二月十五日、乙巳《いっし》の日である。」と記すにすぎない。先祖や父祖の名、どのような官歴を経たのか、また『古事記』の筆録者であったことなど、全くふれていない。これまでに発見されている古代の墓誌はごくわずか。二十例にも満たないが、その内でも太朝臣安万侶の墓誌は簡素である。その人となりを偲ばせるものと言えようか。『古事記』を筆録した太朝臣安万侶の墓誌が発見されたことの意義は、まことに大きい。従来、ともすれば、『古事記』は後人によって記されたとする、「古事記偽書説」があったからである。発掘調査により、太朝臣安万侶の墓であることが確実となり、また出土した墓誌の銘文によって、『古事記』の筆録者、太朝臣安万侶は実在したことが明白になった。

なお平成二十四年（二〇一二）十月十二日、太朝臣安万侶の墓誌（重文）は文化庁の所蔵となり、奈良県立橿原考古学研究所附属博物館で保管されることになった。また田原本町ゆかりの人々の尽力で、墓誌のレプリカが製作され、多神社に戻ることになったのは、まことに喜ばしいことであった。

多氏の同族

次に多氏の同族を取り上げよう。弘仁六年（八一五）に成立した『新撰姓氏録』によれば、左京皇別上にみえる多朝臣について、「神武天皇の皇子、神八井耳命の後なり」とし、多朝臣の同祖として、小子部宿禰《すくね》（左京皇別　上）を筆頭に挙げている。多氏と小（少）子部氏は同族として強く意識されていたことがうかがえる。

そのほか島田臣（右京皇別　下）、茨田連《まんだのむらじ》（右京皇別　下）、志紀首《しきのおびと》（右京皇別　下）、薗部《そのべ》（同）、火（同）、肥直《ひのあたい》（大和国皇別）、豊島連（摂津国皇別）、茨田宿禰《まんだのすくね》（河内国皇別）、志紀縣主《あがたぬし》（同）、紺口《こんく》縣主（同）、志紀首（同）、雀部臣《さざきべのおみ》（和泉国皇別）、小子部連（同）が列挙されており、いずれも畿内を本拠としていた。

先に『古事記』では、中巻の神武天皇段の末尾に、神武天皇皇子の神八井耳命の後裔として、意富臣《おほのおみ》以下、島田臣に至る十九氏族がみえることにふれた。それに比し右の島田臣以下の氏族は全て畿内に限定されており、奈良時代になると多氏の勢力は次第に衰退の兆しを呈するようになったと考えられる。

多氏（太氏）の人々—太（多）朝臣犬養—

以下、『続《しょく》日本紀』『日本後紀《こうき》』『続日本後紀』『日本三代実録』にみえる多（太）氏の出身者を簡略に紹介する。四、五位程度の中級官人が多く、その家柄は必ずしも高くはない。なお『日本文徳天皇実録』（八二七—八五八）には、多氏出身者はみえない。

多（太）氏系図によれば、宇気古（蒋敷か）の子に多品治がみえ、品治の子として、安麻呂（氏長、民部卿）、道麻呂（大蔵、少丞）、宅成、遠建治を列挙している。

まず『続日本紀』にみえる多氏の人々を列挙すると、太朝臣安万侶（安麻呂）、太朝臣遠建治（少初位

下、和銅七年十二月五日条)、太朝臣國吉(外従五位下、天平九年九月二十八日・同十二月十三日条)、太朝臣徳足(正六位上、天平十七年正月七日条)、太(多)朝臣犬養《いぬかい》らである。

太朝臣安万侶については、慶雲元年(七〇四)正月七日条に、正六位下太朝臣安麻呂に従五位下、和銅四年(七一一)四月七日条に正五位上、霊亀元年(七一五)正月十日に従四位下、同二年九月二十三日に氏長《うぢのおさ》となり、養老七年七月七日に民部卿従四位下太朝臣安万侶卒す、とみえるのみである。

とりわけ太(多)朝臣犬養については、詳しい記事がみえる。

多朝臣犬養は、『続日本紀』の天平神護元年(七六五)三月十六日条に初見し、従六位下多朝臣犬養に従五位下を授けた記事がみえている。この条のみに多朝臣犬養とみえ、以下、同二年三月二十六日条、同二年七月二十二日条、神護景雲三年八月十九日条、宝亀元年八月四日条には、従五位下太朝臣犬養とする。

しかし同元年十月二十三日条、同二年十一月十九日条、同七年三月二十四日条、同八年十月十三日条、天應元年(七八一)六月朔条、同九月二十二日条、延暦四年七月二十九日条の記事には、いずれも多朝臣犬養とみえている。したがって犬養は、天平神護元年三月十六日条を除けば、太朝臣としていたが、宝亀元年十月二十三日以降は、多朝臣と表記したことが判明する。

『古事記』序文に、多品治の子、安万侶は「太朝臣安萬侶」と記しているから、安万侶から太朝臣犬養までは「太朝臣」を称したが、宝亀元年十月二十三日以降、犬養は再び「多朝臣」を称するようになったことが判明する。現代に至るまで、「多氏」の姓が伝わる所以《ゆえん》である。

天応元年(七八一)九月二十二日、従五位下多朝臣犬養は従五位上勲五等を授けられ、延暦四年(七八五）七月二十九日には刑部大輔に補任された。犬養は、天平神護元年（七六五）三月十六日に従五位下を拝受して後、天応元年（七八一）九月二十二日に従五位上勲五等を授かるまで、十六年間にわたり従五位下であり続けたのである。

その後の多氏の人々

『日本後紀』に多朝臣入鹿《いるか》と多朝臣人長《ひとなが》がみえており、後で詳しく述べる。

『続日本後紀』には、承和三年（八三六）閏五月十日条に多朝臣がみえるが、名を欠く。次いで承和八年（八四一）十一月二十日条、同十年（八四三）正月十二日条に、外従五位下の多朝臣清継が山城介となったことがみえる。清継は、もと百済連清継と称した人物であり、従五位上勲五等を授けられた。

『日本三代実録』には、以下の人々がみえる。多臣（宿禰）自然麻呂《じねんまろ》は、貞観元年（八五九）十一月十九日条、同五年（八六三）九月五日条、同六年（八六四）正月十六日条にみえ、五年九月五日には宿禰の姓を賜っている。自然麻呂については、後にもう少し詳しく言及する。貞観八年（八六六）正月七日、同九年（八六七）正月十二日、同十一年（八六九）三月二十三日条に、外従五位下の太朝臣貞長（金剌舎人貞長）がみえている。仁和元年（八八五）十一月十日、右近衛府近衛の従七位下刈田首貴多雄が過失して、同府府生の多春野を傷つけたので、刑部省により断罪されたことがみえる。

右にみた多氏の人々の内、とりわけ注目される人物にふれよう。

多朝臣入鹿

先にみた多朝臣犬養から、やや遅れて多朝臣入鹿（七五九―八一六）が登場する。多氏の人々の内で、太朝臣安万侶に次いで注目される人物であろう。

多朝臣入鹿は九世紀初め頃の官人で、延暦十二年（七九三）に少外記、同十五年（七九六）に式部少丞、同十九年（八〇〇）に従五位下となった。『日本後紀』の延暦二十四年（八〇五）十一月二十三日条に、坂本親王の殿上における加冠に際し、少納言従五位下の多朝臣入鹿は、参議従三位近衛中将坂上大《おお》宿禰《すくね》田村麻呂、春日大夫従三位藤原朝臣葛野《かどの》麻呂に従い、衣服を賜ったことがみえる。同二十五年（八〇六）三月に近衛将監・近衛少将となった。

大同元年（八〇六）三月十七日に桓武天皇が崩御した際、「璽《じ》、並びに剣を収めた櫃《ひつ》」は東宮に奉られたが、その際、近衛将監従五位下紀朝臣縄麻呂と従五位下多朝臣入鹿は共に、それに従ったことがみえている。入鹿は、同年四月十六日に近衛少将、四月二十一日には兼武蔵権介《ごんのすけ》となった。大同三年（八〇八）に正五位下、大同四年（八〇九）六月に従四位下、同年九月、山陽道観察使兼左京大夫となり、同五年（八一〇）六月、観察使廃止に際して参議となった。

こうした入鹿の経歴をみると、入鹿は平城《へいぜい》天皇に近侍していたことがわかる。

大同五年九月六日、太上天皇（平城上皇）は、藤原薬子《くすこ》とその兄の藤原仲成の勧めで平城遷都を図り、東国に向かおうとした。かねて尚侍正三位藤原朝臣薬子は、太上天皇に近づいて親しく仕え、平安京を棄てて平城古京に遷ることを勧め、また兄の仲成もそれに同調したからである。九月十一日に仲成は禁所で射殺され、十二日に上皇は出家し、藤原薬子も自殺した。

十月二日に従四位下多朝臣入鹿は讃岐権守に左遷された。入鹿もまた、平城太上天皇に親しく仕えていたとみてよい。入鹿は、弘仁七年（八一六）十月三日に卒去した。時に散位従四位下で、五十八歳であった。

多朝臣人長

多朝臣人長は、八世紀後半から九世紀初めの官人・学者で、大同三年（八〇八）十一月十七日に正六位上から従五位下に叙された。弘仁三年（八一二）六月二日、『日本紀（日本書紀）』の講書が行なわれ、参議従四位下の紀朝臣広浜、陰陽頭正五位下阿倍朝臣真勝ら十余人が参加し、散位従五位下の多朝臣人長が講義した。人長は太朝臣安万侶の後裔であったから、『日本紀』の講書の重要性を深く認識していたとみてよい。

多臣（宿禰）自然麻呂

多臣自然麻呂（―八八六）は、九世紀中頃から後半にかけての官人であった。

嘉祥元年（八四八）に右近将監となり、貞観元年（八五九）十一月十九日、豊明節会に右近衛将監として列し、外従五位下に叙せられ、貞観五年（八六三）九月五日、右京の人、散位外従五位下多臣自然麻呂に宿禰の姓を賜った。貞観六年（八六四）正月十六日、踏歌節会の日に下総介となったが、それ以前に、甲斐守に任じられたことがあったらしい。

承和六年（八三九）に唐から帰国した尾張浜主が伝えた舞や笛の曲は、自然麻呂が受け継いで伝えたとも言われる。自然麻呂は雅楽の技に長じ、三十九年にもわたり「雅楽の一者（雅楽の技に長じた者）」の位置にあった。仁和二年（八八六）九月十六日に没している。

小結

これまで、雄略朝前後から平安後期に至る多神社の祭祀や信仰の実態、周辺地域の状況、また史料にみえる多氏の人々をとり上げ、考えるところを述べた。これまで古代の多神社や多氏の人々については、余り言及されていない。

私は、これまで邪馬台国の時代から、奈良時代前半頃までを研究の対象としているため、奈良時代後期から平安時代後期までを見通し、多神社の実態やその周辺地域の状況、さらに多氏の人々に迫ることは、正直に言って難しかった。

多神社と多氏の人々との関わりについても、また本書収載の別稿の内容とも併せて、今後、さらに古代の田原本と多神社について、研究を深めたいと思う。唐古・鍵遺跡の所在する、田原本町に育った者として、果たすべき責務だと考える。

3　シンポジウム「やまとのまほろば田原本」

寺川眞知夫（同志社女子大学特任教授）
上野　誠（奈良大学教授）
辰巳和弘（元同志社大学教授）
コーディネーター　和田　萃（京都教育大学名誉教授）

司会　本日の記念フォーラムのメイン「やまとのまほろば田原本」と題しましてシンポジウムをお届けいたします。各先生のプロフィールをご紹介させて頂きます。

まずは同志社女子大学特任教授の寺川眞知夫先生です。昭和十八年（一九四三）、兵庫県にお生まれになりまして神戸大学文学部卒業後、同志社大学大学院を修了されました。専攻は国文学で記紀神話、『万葉集』、『日本霊異記』、などが研究課題でございます。おもな著書は『古事記神話の研究』『三輪山の大物主神さま』などでございます。

お二人目は奈良大学教授の上野誠先生です。昭和三十五年（一九六〇）福岡県にお生まれになりました。國學院大學大学院文学科に進学されまして、後に博士号を取得されました。第七回角川財団学芸賞を受賞され、歴史学や考古学、民俗学を取り入れた万葉研究で学会に新風を送っておられます。著書も多数出版しておられます。

パネリストの最後は古代学研究者の辰巳和弘先生です。元同志社大学教授であり、古代学を専門分野としてご研究しておられます。「形あるところ心あり」を持論とされておりまして、考古学を中心に学際的な視点から古代の心の分析を実践。日本文化の基層解明を目指されております。また、数々の著書を出版されております。最近の著書には、『他界へ翔《かけ》る船』『聖樹と古代大和の王宮』『新古代学の視点』などがございます。

そして、コーディネーターをお務め頂きますのは、京都教育大学名誉教授の和田萃先生でございます。それぞれの研究に明るい先生方に、こうして一同にお集まり頂いてトークをして頂けるというのは本当に楽しみでございます。

テーマは「やまとのまほろば田原本」と題しまして、それぞれの専門分野から、田原本町についてお話し頂き、またセッションして頂きます。

それでは、和田先生、どうぞよろしくお願いいたします。

和田 みなさん、こんにちは。これから「やまとのまほろば田原本」というタイトルで三人の先生方にご報告を頂き、また、私を含めて四人でディスカッションをする。そういう形式ですすめさせて頂きます。本日の古事記一三〇〇年記念フォーラムについては、すでにご説明があったかもしれませんけれども、田原本町の各種の団体が一致協力して立案されました。古事記一三〇〇年紀事業実行委員会が立ち上げられ、そして、田原本町役場それから五つの団体、また多神社・鏡作神社・村屋神社などの宮司さんにも参加頂いて、何回も検討を重ねて、ようやく本日のフォーラムに至りました。そういう経緯があります。田原本町が中心になって、独自でこういう会を開催できたことを私は誇りに思っております。

ずいぶん多くの人たちにご参加、ご尽力頂いて、田原本町だけでこういうフォーラムが開催でき、そしてまたこの先、七月から来年三月にかけても連続の講演会が行われますので、それらを合わせて、本日の成果を一冊の本にまとめることができたらと考えております。

これからもいろいろ難しい問題があるかもしれませんが、町民の方々あるいは奈良県などのご尽力も得て、是非そういう形で成果を公にしたいと思っております。

最初に発表して頂きますのは、先ほどもご紹介がありましたけれども、日本古代文学のご専門である寺川先生に、それから、その次に万葉集の研究者でおられる上野誠先生、それからまた、最後になりますが古代学の研究者である辰巳和弘先生に、それぞれ十～十五分ずつお話し頂いて、それぞれについてまた全員でいろいろな意見を述べる、そういう形で進行させて頂きたいと思います。

それでは、まず寺川さんの方からご報告頂けますでしょうか。

『古事記』の序文、太安万侶、『日本書紀』

寺川眞知夫

『古事記』の序文のこと、太安万侶のこと、それから『古事記』と『日本書紀』の関係などについてお話しするように、前もってご指示を頂きましたので、それに従ってお話しさせて頂きます。

『古事記』と太安万侶

『古事記』につきましては、ご承知の通り、序文があり、ここに『古事記』は最初、天武天皇が撰修されたものだと記しています。ところが現在ではこれを疑い、『古事記』序文は偽書であるとか、『古事記』そのものも偽書であるという説も行われています。

そういうことも意識しながら少し申し上げます。『古事記』の序文は三段に分かれております。第一段は『古事記』の内容のあらましを代表的な事件によって列挙してたどっています。

第二段が中心部分で、まず、壬申の乱にふれ、続いて天武天皇が『古事記』を撰修した目的とか、事情とかについて述べます。天武天皇は『帝紀《ていき》』と『本辞《ほんじ》』は国家の基本となる歴史書であり、天皇の徳を行きわたらせる大本《おおもと》であるにもかかわらず、諸家に伝えられている『帝紀』も『旧辞』もすでに間違いを含んでいると認識し、それらを削偽定実《さくぎていじつ》して、つまり間違っているところを削って正しいものを定め、稗田阿礼に誦習《しょうしゅう》させられたといいます。ここには間違いを削って正しい伝承を定めるとありますが、内容からすると、天武天皇の考えられる歴史書を作るために自ら創作された神話もあったと思います。

天武天皇の修史事業は、『古事記』の編纂の他にもあり、『日本書紀』天武十年三月条に記すように川島皇子を代表とするグループにも帝紀と上古の諸事の編纂を命じられています。そこで、『古事記』とそれとの関係も問題にされることになります。しかし、こちらは実際には大勢の人に作らせますから、利害の対立もあり、天武天皇の思う通りのものはできそうになかった。そこで、天武天皇はそれを中断させ、新たに自分の考える通りの歴史書、つまり絶対的なテキストを作ろうとして原『古事記』を編まれたのだと考えます。

この『日本書紀』に書かれている天武天皇の修史事業と『古事記』の関係につきましては、すでに坂本太郎氏と平田俊春氏との、どちらが先に行われたのかの議論もあります。私は平田氏の言われるように『古事記』の方が後だと考えます。それは、今ふれましたように、最初、皇子や諸王たちに修史事業を委託したものの、諸家の利害の対立や主張を受けて、うまくいかないので天武天皇は自ら絶対的テキストを作ろうとされたと考えられるからです。

第三段は、稗田阿礼が誦習していた天武天皇の勅語の『帝紀』・『本辞』が失われてしまうのを惜しまれた元明天皇が、太安万侶に命じて『古事記』を編纂させられたといいます。元明天皇の勅命を受けた安万侶は勅語の『古事記』を、工夫を凝らして文字化し、和銅五年（七一二）正月に献上したといいます。その太安万侶は多神社のあります田原本の出身と考えられています。

風土記撰進

問題は、元明天皇が、なぜ和銅四年九月に天武天皇の勅語の『古事記』を文字化しようと考えられたのかです。『古事記』成立の翌年には風土記を編纂せよとの勅命が下っています。そこで、これを日本書・地理誌の編纂を意識したものとみますと、この頃、『日本書紀』の編纂計画が具体的に動き始めていたと考えられます。『日本書紀』編纂を主導した律令官人たちの狙いは、対外的に官人たちに大和朝廷に対する帰属意識を持たせる歴史書を作ることであったので、元明天皇はそれに先立って天皇の徳を人びとに及ぼす王化の書としての天武天皇の勅語の『古事記』をきちんと文字化しておきたいと考えられたと思います。その天武天皇の意向を忠実に反映しながら王化の書を編纂できる者として選ばれたのが太安万侶であったと思います。

そこで太安万侶の役割ですが、彼は王化の書を編纂するという意味で信用するに足る人物であったということです。彼は壬申の乱で活躍した大海人皇子の腹心の一人であった多品治《おおのほむじ》という人のおそらく子供であろうと推定されます。その経歴から天武天皇の意向を忠実にまとめてくれる人物として選ばれたと思われます。

太安万侶は、平安時代初期の『日本書紀』の講義ノート「弘仁私記」に『日本書紀』の編纂にも関係したと書かれています。彼は『日本書紀』の性格も見通した上で天武天皇の考えを忠実に反映して王化の書としてふさわしい書を作ることができる人物であると見られていたのだと思います。それが彼が選ばれたポイントだったのでしょう。

『日本書紀』の特徴

次に、『古事記』と『日本書紀』の関係と違いにふれたいと思います。『日本書紀』の編纂がいつから始まったのか、『続日本紀』などの歴史書は何もふれませんので実はわかりません。『続日本紀』は『日本書紀』の成立した時は養老四年（七二〇）ときちんと書くのですが、編纂を命じた勅にはふれません。ところが、『古事記』撰進のことも『続日本紀』にも書いていないので偽書だと、筏勲《いかだいさむ》氏などのように、特に強調する人もありますが、実は『日本書紀』はいつから編纂が始められたのか、誰に編纂の勅が下されたのかも書いていないのです。これはわからないわけです。勅命もすべて書かれているわけではないのです。『日本書紀』はたまたま完成した時が書かれているというだけです。だから、『日本書紀』は一般には天武十年三月の修史事業の延長線上にあると考えられていますけども、果たしてそうかどうかは、よくわかりません。

それといいますのも、先にみましたように、天武天皇の絶対的な誤りのないテキストを作ろうとする史書編纂の意図は『古事記』序文に説かれていました。序文の説くとおりとしますと『日本書紀』の神代巻は、最多は十一の一書という異伝を加えており、これに対応しません。『古事記』の方は序文に対応し、高天原の神話を中心にして、揺らぎのない本文だけを示しています。

もちろん、『日本書紀』も、天を舞台にして『古事記』の高天原神話に相当するものを語っていますけれども、異伝もたくさん加えている。これは、少なくとも『古事記』序文にみられる天武天皇の意向とはまったく違います。

つまり、絶対的な『帝紀』・『本辞』を示すという天武天皇の意向に反し、複数の異伝、天武天皇流にいえば誤りを交えた『旧辞』で本文を相対化するのですから、全くその意向には叶いません。生前に完成しておれば怒りを買う書物なのです。

『古事記』は天武天皇の意向を反映しているという時、核心となるのは天皇家の血筋の尊貴性を示すことです。その天皇の尊貴性の根源を天照大御神の血筋に結びつけるのは宇気比（誓約）神話です。

ところが、推古天皇が小野妹子を隋に派遣した時より八年程前に、隋に出向いた使者があり、彼は文帝に質問を受け、「天皇は天と日と兄弟である」と答えたと『隋書』は書いています。これは、今みた『古事記』が天皇の祖先は天照大御神の孫（天孫）であると説くのと全く違う神話です。

先に天武天皇が『古事記』の神話を作ったのではないかと申しましたが、宇気比神話はこの時以後に、おそらくは天武天皇によって、天皇の血筋は絶対的なものであると説くために日神天照大御神に繋いで形成された神話だと考えられます。

もう一つは天皇統治の神聖性を説くことです。これは天孫降臨神話と深く関わります。『古事記』は天孫が天照大御神の指示で葦原中国《あしはらのなかつくに》に降臨し、子孫が天皇となって日本を統治するようになった歴史を語り、天皇は神聖王権を保つ存在であると示すのです。天孫降臨の時に与えられた鏡・剣・玉は天皇の神璽《しんじ》、つまり神から下された天皇の印《しるし》であるとして、三種の神器と呼ばれます。とはいえ、三種の神器という言葉は『平家物語』になって初めてでてくるようです。

三種の神器

即位式に用いられるのはそのうちの二種、剣と鏡ですが、神器は天照大御神が与え、天孫降臨とともに地上に降《くだ》ったと説くのが『古事記』の天孫降臨神話です。その神璽が最初にみえる即位式は『日本書紀』の持統天皇の即位式です。神祇伯中臣大嶋《なかとみのおおしま》朝臣が天神寿詞《あまつかみのよごと》を読み、忌部宿禰色夫知《いんべのすくねしこぶち》が神の印、つまり神璽の剣・鏡を奉ったと書いてあります。したがって『古事記』の天孫降臨神話は神璽と関係するわけです。

では、持統天皇以前の神璽献上はどうであったのか、『日本書紀』でみますと、允恭天皇から舒明天皇までの間は、群臣もしくは群臣代表である大連《おおむらじ》や大臣《おおおみ》が剱《けん》・鏡二種の璽符《じふ》・璽綬《じじゅ》を献《たてまつ》ったとします。璽符等の言葉は使っても神璽という言葉は一切用いていません。

ところが、今みたように、持統天皇の即位の時には神璽の剣・鏡といっている。先ほどいいましたように天武十年三月の修史の勅が出た前月、二月に律令を編纂するように勅命が下っていますが、その令は持統三年六月に完成し頒布されています。持統天皇は翌四年正月に即位するにあたり、飛鳥浄《あすかきよ》御原令《みはらりょう》の神祇令践祚条と降臨神話に基づいて神璽の剣・鏡を神祇官忌部宿禰色夫知から受けたとみられます。こうした即位式を行ったのは持統天皇が最初なのです。

『日本書紀』の持統天皇即位の記述に対応する条文は『養老令』にそのままみえています。これによってみると、天武天皇の意向は、まず、飛鳥浄御原令に実現されて、それが大宝令・『養老令』へと伝わっているといえます。

この践祚《せんそ》のありかたの改変によって天皇の保つ王権は神聖王権であると意味づけられたわけです。『古事記』の天孫降臨神話はこのように律令によって変えられた秩序を保証するために作られたといえるでしょう。『古事記』の神話では、今いいました二点が一番の重要なポイントになると私は思っています。

ところが、『日本書紀』本文の天孫降臨神話は三種の神器には一切ふれません。天照大御神とは関係なく、高皇産霊神《たかみむすひのかみ》が真床追衾《まとこおうふすま》に天孫をくるんでこの地上に降したという、大嘗祭に対応する神話があるだけです。ですから、ここには神器に関わる要素は全くみえません。このところには天武の意向とは違う考えが示されているといえます。

『日本書紀』も天皇の血筋は天照大神に繫いでいます。しかし、唐の人たちにみせれば、これは何だと言われかねない「高天原」は用いないで、「天」の語を用い、神武天皇以降の天皇統治の歴史記述に重点をおいているようにみえます。

もう少し『古事記』と『日本書紀』の違いにふれますと、『日本書紀』は、唐や新羅などに日本の権威を示そうとする対外意識から編まれた歴史書とされます。その通りですが、完成の翌年、養老五年から官僚の学ぶ歴史テキストにもなります。これによってみると、『日本書紀』は氏族制社会から律令制社会に移っていく時代の官僚たちに日本人としての自覚、アイデンティティを育てさせる内向きの歴史書の意味も大きかったということです。当然、天皇の血の尊厳と天皇統治の聖性を説くことを重視した『古事記』と外国や官僚を意識した『日本書紀』とでは、性格に大きな差がでてくるといえます。

出雲神話

両者の違いで、今ひとつ注目されるのは、出雲神話の扱いです。『古事記』は『日本書紀』をみて作ったんだという人もありますが、少なくとも出雲神話に関する限り、『古事記』は『日本書紀』をみることはできません。ですから、そのへんも視野にいれる必要はあるだろうと思います。

簡単な概要だけのお話になりましたが、私の考えていることをお話しさせて頂きました。

和田 『古事記』と『日本書紀』について、その違いと言いましょうか、そういうことについてご指摘を頂きました。『古事記』は、ご承知の通り、天武天皇の時代に、天武天皇が稗田阿礼を相手にして削偽定実という作業をされた。その削偽定実がどういうものであったかということはこれから話題になるかもしれません。

ところが、その作業が中断したのです。おそらく、天武十二、三年頃に天武天皇は稗田阿礼を相手に作業されたと思われますけれども、天武十三年以後、藤原宮の造営等が関わり中断した。

平城遷都後、元明天皇、これは女性の天皇でありますが、元明天皇は非常に優れた政治家であったと思います。推古天皇以来、何人か優れた女性の天皇が出ておられます。とりわけ、推古天皇とか持統天皇がよく知られていますが、私は、それよりも元明天皇の方がさらに優れた女性の天皇であったかと思うのですけども、元明天皇の命で天武朝に行われた、天武天皇と稗田阿礼による『帝紀』、『旧辞』の削偽定実が中断したままになっている。それで、太安万侶、安万侶さんに命じて、それを、まだ阿礼は生存していますから、阿礼の誦習していたところを基にまとめさせた。これが『古事記』ですね。

『古事記』は「ふることふみ」という和訓がつけられておりまして、古い時代の歴史書という意であります。和銅五年、七一二年に完成したわけですが、和銅年間からすればおそらく一二〇年ほど前の推古朝の時代に書かれた歴史書を編纂した。ですから、奈良時代初めにとっては古代史にあたるところまでを書いたのが『古事記』であったという風に理解できます。

一方、『日本書紀』（当時は『日本紀』と称した）は養老四年（七二〇）に完成し、そして全三十巻という膨大なもので、最後は、持統天皇が孫の文武天皇に位を譲られるところで終わっている。ですから、七二〇年からすれば、僅か十数年前のところまで書いてある。いわば、現代史まで踏み込んだ歴史書ということですね。その、『古事記』と『日本書紀』については共通するところもありますし、違うところもある。

そして、『古事記』が記録されたのは和銅五年ですけれども、『古事記』がまとめられたということは、奈良時代の正史である『日本書紀』に記されていないのです。そうしたことから、近世末頃から『古事記』偽書説が主張されるようになったわけですが、最近は各種の資料から、『古事記』偽書説の成立は難しいということが、強くいわれるようになってきたわけです。

今、寺川先生から『古事記』と『日本書紀』の関わり、違いをご指摘いただいたわけですが、お二人の先生からご意見をお願い致します。

上野　それでは、私の方からお聞きしたいのですが、これは研究者によって意見が分かれるところだと思うのですが、天武朝において『古事記』というものが、どの程度、出来ていたか。『帝紀』、『旧辞』に分かれていたのか、一本の書物になっていたのかということもあるでしょうし、今、我々がみることができる『古事記』とほとんど変わらないものであった、というような説もある。ある先生にいわせると、天武本『古事記』というものがあったという。だとすれば、我々が現在、真福寺本等を通じてみることができる『古事記』と『帝紀』『旧辞』との関係をどう考えればよいのでしょう。

寺川　私はある程度、本は出来ていたと思います。ただし、時代、書き手によって文字表記がいろいろとあり、誰もが十分読みこなせるというものばかりではなかった。例えば、金石文あるいは「元興寺縁起」等にみえるような漢文もあった。

天武天皇の作られた『帝紀』・『旧辞』も、独自の文体や文字遣いがあり、天皇は、その読み方を阿礼に教えられた。安万侶は、漢文和文、仮名表記などが入っていても、それを、誰でも読める文章に変えたのではないかと考えます。少なくとも歌謡など仮名表記の文字は『日本書紀』と比べても相当易しい文字になっています。

『古事記』は、文字や表現が易しすぎるという人がいます。それは、安万侶が、元明天皇を意識し、誰でも読める文体や表記に変えた作業の結果であろうと思っています。天武天皇は、ほぼ現在の『古事記』に近い書物にまとめ、阿礼は、その天武天皇独自の表記も読めるようになっていたということなのでしょう。そこには、文体と文字の問題があったと思っています。

辰巳　『古事記』をみておりますと、下巻の仁賢天皇の段から最後になります推古天皇段までの間が、宮号や系譜、また陵墓の所在などの、いわゆる『帝紀』的記載のみが語られ、すごく簡単な内容になるのです。

それより以前は物語などの『旧辞』に当たる記載が豊かに語られます。そこに、『古事記』という歴史書の大きな切れ目があると考えられます。

私は、仁賢段以前、すなわち顕宗段までの内容が、ほぼ天武朝に出来ていたのではと考えます。そして元明朝に、推古天皇までの『帝紀』的な記事を追加するかたちで、全体が編纂されたのではないでしょうか。

わけても継体天皇の即位が王統系譜のうえで新時代であったことはよく知られたことを考えると、継体から推古朝の部分が、それ以前の時代とは違うという認識が、『古事記』にあったのではないかという印象を拭えません。

寺川　推古まで、ですね。その次は舒明ですね。舒明は天武天皇の父の時代になるので、それより前の歴史が語られていた。それが古代になるのでしょうか。今でいえば明治から以後は書かないということかと思うんですが。

それではなぜ、仁賢天皇から後は、『旧辞』相当分がなく、歴史的叙述は、継体天皇のところに、筑紫君磐井のことが少しでてくる程度なのでしょうか。いわゆる欠史八代の方は、最初からなかったかもしれませんけれども、仁賢以後は、実は、『日本書紀』の方でみてみますと、歴史的な事柄の記述が多くなってきます。

しかし、それは物語として語られたものではなくなってくる。それを『古事記』のように物語風にまとめて記述しようとすると難しい。だからといって、歴史的に細かい事柄をきちっと書くとなると、とても一人ではできなくなる。仁賢以後、『旧辞』の記述がなくなるのは、そのあたりの問題があるのではないかなと思っています。

もう一度いいますと、天武天皇一人では処理しきれないほど資料・記述量が増えてきたために、系譜だけにしたと考えたらどうかということになります。

辰巳　『古事記』と表記する歴史書は「ふることぶみ」と読んだと思うんですが、いつ、そのようなネーミングをされたのか？

奈良時代のことになりますが、『古事記』に記録される最後の天皇でありますす豊御食炊屋姫《とよみけかしきやひめ》に「推古」という名がおくられました。推は「おしいただく」などという意があります。推古という『古事記』最後の天皇の名は、まさに、その時代までを古《いにしえ》と認識しようという意図が、和銅五年の『古事記』献上の段階にあったと思います。

寺川　わかりました。ただ、一方で、『日本書紀』の方ではその推古朝に聖徳太子と蘇我馬子が歴史書を作ったと書いています。さまざまな出来事がいつ頃から歴史書にまとめられるようになったのかについては、津田左右吉氏はもっと古く、欽明天皇の頃を想定しておられます。それらをまとめた時代が、推古天皇の時代であり、『古事記』は、そのあたりも意識しているということはないでしょうか？

辰巳　私は『古事記』という名前がいつからあったのかなというのが気にかかっております。

和田　今のご質問で推古というのが気になります。一方、その次の舒明天皇については、『万葉集』巻一の第二番歌に香具山に登って国見をしたという歌があって、あれは舒明が新王朝なのだという意識もあったでしょうか。

寺川　推古天皇の豊浦・小治田の宮も飛鳥ですが、『日本書紀』で最初に飛鳥を冠した宮を置いた天皇ということでしょうか、舒明天皇は。

和田　それともう一つ、よくわからないのですが、安万侶さんは、元明天皇の命で『古事記』を編纂するわけですが、わずか四ヵ月余で、ごく短期間でできるわけです。なぜ、そういうことができたのかということが、少しわからないのですが、お考えがあれば、教えてください。

寺川　先ほども言いましたように、『古事記』はある程度、形ができた段階で中断されていたのではないかと言われているとおりで、安万侶は書いているものを現代風にわかりやすくまとめる作業であったから、短期間でできたのだろうと思います。つまり、テキストを比較したり、調べたり、口語りを書いていくのとは少し違った作業だったのではないでしょうか。

天武天皇の勅語の『古事記』が、どのように文字化されたのかは、確かめられません。文字の表記をどのように考えるかということですけれども、天武天皇の個人的な表記法で書かれているのではないでしょうか。律令時代になると、文字遣いが枠に入ってくるようですが、この時代は、まだ、みんなが読める共通の表記法ではなく、個人個人独自の表記法で書いている時代であったのではないかと思います。

長期的には、使用文字は次第に集約され、万葉仮名による表記にも、まだ難しい文字遣いや文体があったと考えてよいのではないでしょうか。阿礼の誦習は、天武天皇独自の文体や表記法で表された『古事記』の読みの暗記ではないでしょうか。

今も、中国の少数民族、苗《ミャオ》族は歌垣を行っていますが、湖南省の苗族の若者には、歌が作れず、歌師と呼ばれる人たちに歌を作ってもらっている者もいるようです。歌師は様子を聞いて作った歌をメモしているのですが、そのメモは、みんなに共通する表記法としての文字を使っているのではなくて、自分流の漢字使用法で、適宜、苗語の表記に用いているようです。これは事実かどうかわかりませんが、字音を用いた万葉仮名に似た表記法です。実際、みせてもらったノートには、苗語を漢字表記した歌が書かれていました。古代日本でも、自分流儀の漢字表記で和語を書いた文章は、すべての人が読める文章にならない時代があったと想定してもよいのでしょう。天武朝もなおそうであったのかが難しい問題だとは思いますけれども、そういうこともあるのかなと思っています。

和田 『日本書紀』の欽明紀の内に、欽明天皇の皇子女の名前がずっと挙がっていて、それについて詳しい分注があるのですが、その表記の中に、古い時代のことを、非常に難しい、読みにくい言葉があるという風な表現がありますけども、推古朝段階においては、推古朝以後に使われていた表記よりもさらに違う古いものがあった印象を受けるのですが。あるいは、今、お話しされたことと関わりがあるかもしれません。このテーマについて、さらに討論を続けることができると思うのですが、時間がありませんので、次に、上野先生の方からお話をいただけますでしょうか。

誰でも読めるテキスト作り

上野　誠

私は今の議論の深まりを遮らないようにそこから話をしたいと思うんですが、稗田阿礼そのものがやったことというのは、『古事記』のなかに、誦習という言い方がでてくるのです。

この誦習というのは、どういう風にとるかというのは難しいのですが、一般的に暗誦していると思っている方が多いと思うのですが、これについては小島憲之という有名な先生が用例を検討しておられます。私もほぼこれでいいのではないかと考えますが、一応テキストがあり、それをやはり読むのだろうと思います。『古事記』序文にも『帝紀』と『旧辞』というのが出てきて、それは読んでいるわけだから、つまり書かれたものを声にするということが稗田阿礼の仕事であるわけです。

ちょっと『古事記』序文のところを読んでみますと、

「時に舎人有り。姓《うぢ》は稗田、名は阿礼、年は是廿八（二十八）。為人《ひととなり》聡明にして、目に度《わた》れば口に誦み、耳に払《ふ》るれば心に勒《しる》す。即ち、阿礼に勅語して、帝皇の日継《ひつぎ》と先代の旧辞を誦み習はしめたまう」

これは誦習したという風にでてくるわけです。ということはおそらくテキストがあったものを声に出して読むのですが、ここでちょっと注意しなくてはいけないことがあります。それは、なぜかといいますと、今、私たちは国民皆学で子供はすべて小学校に通い、文字を学習するということですが、文字が普及していない社会では、口から耳へというふうに神話を語り継いでいく必要があるので、これは声に出して読むということは非常に重要だと思うわけです。

そうすると、声に出して読むということは聞かせるということですので、聞かせるということはどういうことかというと、みんなにその内容がよくわかるようにするということになるわけですが、当然、あるところでは繰り返したり、あるところではリズムをつけたりしてみんなに聞いてもらう必要があるわけです。

例えばですね、『古事記』で伊邪那岐《イザナギ》、伊邪那美《イザナミ》の神話を読んでいると、ここのところはおそらく語っていったところをそのまま文字に落としていったのでこういう書き方になるんだろうと思われるところがあるんですね。私、せっかくこのフォーラムに呼んで頂きましたので、少しここのところを講談調にやってみましょうかね。

「かれ左の御角髪《みみずら》に挿せる湯津津間櫛《ゆつつまぐし》のほとりはひとつとりかきて、ひとつ火《び》灯して、入り見たもうときに蛆たかれころろきて、頭には大雷《おおいかずち》居り、胸には火雷《ほのいかずち》居り、腹には黒雷《くろいかずち》居り、陰《ほと》には拆雷《さくいかずち》居り、左の手には若雷《わきいかずち》居り、右の手には土雷《つちいかずち》居り、左の足には鳴雷《なるいかずち》居り、右の足には伏雷《ふしいかずち》居り、併せて八《やくさ》の雷神居りき」

ぐらいの感じでしょうか。（拍手）ありがとうございます。

私もうこれですべての仕事は終わったと同じなのですが。昨日から練習しておりまして、夜中じゅうやっておりましたら女房に「うるさい！」と言われたのですが、多分、こういう風な書き方というのは、聞き手の興味を煽るわけですね。手には……左の足には……とこういう風にいう。それは語って聞かせる技術というのは『古事記』序文にもちゃんと書いてある。それは何かと言うと、「耳に払《ふ》るれば心に勒《しる》す」、つまり自分の心の中にちゃんと得心して人に伝えていくことができるということ、そして、それを声にできるということなんですね。

歌う文学を『万葉集』に継承

そこで、寺川先生の話と合わせていきたいんですが、私は、最終的には太安万侶がしたのは、稗田阿礼が語っているところを稗田阿礼がいなくなっても読めるテキストにするために、ここは帯《おび》と読むのか、たらしと読むのかなどの注記を付けてゆくような作業がほぼ中心ではなかったのかという風に考えております。

そこでですね、このように、語って歴史を伝えていくということは、『古事記』の編纂のあと、実は『万葉集』巻一、二が引き継いでいるというのが有名な筑波大学の伊藤博《はく》教授の説でありまして、これが和田先生のいわれたみたいに、推古の時代に都が飛鳥に移った。豊浦というところに移った。それ以降、飛鳥に時代が移ってからは、自分たちの時代になる。都が東京に移った。その東京に都が移った以降は、自分たちの時代になるということ。それが二番歌で、しかもその『万葉集』の二番の歌が、舒明天皇が香具山に登って国の形をみるという、統治者としてそこに現れてくるというのは、よくいわれていることです。

舒明天皇以降の皇統を祝福するという風なことをいわれていますが、おそらく『古事記』が推古天皇で終わっていて、そして『万葉集』の二番がこの舒明から始まる。そして、古い時代は、雄略天皇によって代表されて国土統一の英雄として一番に据えられて、舒明朝から歌が、大体、年代ごとに残っているというようなことではなかったかと思います。

つまり、『古事記』というのは、実は、語りの文学であって、あるところは語られ、あるところは歌われるというような、口から耳への文学であるものを書物として定着させようとしたのが太安万侶の仕事であって、その後、歌の、語ったり、歌ったりするような文化というようなものはおそらく『万葉集』が引き継いでいる。その『万葉集』の歴史観というのは『古事記』を継ぐものである、そういうような歴史観を『万葉集』は持っているのではないかということをお話ししたわけであります。以上です。

和田　ありがとうございました。非常に鮮やかなご説明であったかと思います。『古事記』が推古の巻で終わっているということですね。

一方、『万葉集』では巻の一の巻頭が雄略天皇の歌で、第二番歌が舒明天皇が香具山に登られた歌。雄略朝から舒明朝までは二〇〇年以上は隔たっているわけですけども、第二番歌では、その舒明天皇が香具山へ登った歌が出てくるという意味については、随分いろいろ考えなくてはならない点があります。舒明皇統とでもいうべき新しい王朝が確立したということは、今後もう少し、そういう視点で深めていく必要があるかと思います。先生方、ご意見お願いします。

寺川　上野先生がいわれた、阿礼がいなくても読める書物というのは、私もその通りだと思います。文字を易しくするのはそのためだと思います。

阿礼の「誦習」という言葉なのですが、西条勉さんが既に指摘しておられる（『古事記の文字法』第三章）のですが、優婆塞《うばそく》貢進解《こうしんのげ》のなかでは読経と誦経とを分けて書いています。

読経の対象は長い経典で、お経を聞いて、時には見ながら読むことで、誦経の対象は短い経典や陀羅尼で一応テキストは開いておくけれども、完全に暗記していてテキストをみないで唱えることのようです。

つまり、阿礼の誦習もここから想像されます。テキストをみれば、暗唱によってたちどころに読み得るレベルまで覚え込んでいることをいうのであろうと思っています。

安万侶は、阿礼の記憶を頼りにして、天武天皇の勅語の『古事記』の独自の文字遣いや読みにくい文体を、易しい文字と文体に変えていった。

その苦心は、『古事記』序文の一番最後に太安万侶が書いています。ですから、そのことによっても安万侶の営みは想定できるのではないかと考えますが、阿礼がいなくても読めるというのはなるほどと思いました。

ただ、安万侶の営みは、あくまで勅命を下された元明天皇に読める（女性であっても身分の高い女性は漢文も読みこなせたとみてよいのでしょう）文体・表記を意識していたと見られます。そういうところで上野説は納得できます。

上野　ちょっとだけ補足すると、例えば義太夫の語りで、今、文楽を観に行っても、最初、本をこういう風に挙げて一礼をして開いて読んでるんですが、実際にはその場で読んで語れるというわけではないので、暗誦できるくらいに読み込んでいるわけです。

講談でもほとんどそうでしょうけれども、でも一応形としては置いているし、それをちらちら目で追うんでしょうけども、そういうような形で読み解いていくというようなことを阿礼はしたのでは？と、私、考えています。

辰巳　『古事記』の雄略天皇の段など、本当に歌謡が非常に多くたくさん出てきますから、今、上野先生がおっしゃったことはよく理解できます。

　そこで、上野先生のご専門の『万葉集』が、なぜ雄略天皇の歌から始まらなくてはならないか。それが『古事記』の雄略天皇の記述と何かつながるものがあるんでしょうか？

上野　「画期としての雄略朝」という有名な岸俊男先生の論文もあって、多分それを執筆されている時、和田先生は大学院生くらいだったと思いますが、皇統のなかでも、画期をなすと同時に国土統一の英雄として――ちょっと大胆なことを私、申し述べます――日本の国土が統一された時の記述というのは、半分はヤマトタケルのほうにいって、半分はワカタケルの、雄略天皇のほうにいって、もしかしたら、ヤマトタケルとワカタケルというのは同じ人格だったのを、無理矢理に片方は即位した天皇、片方は皇子将軍として分けたというぐらいに考えられます。

　やはり、それを冒頭に、つまり最初に国土を統一した天皇から始める、という不可分、不文律があって、それは『万葉集』の巻八の冒頭も、有名な小倉の山の鹿の歌ですが、これも一方では雄略という伝承も、『万葉集』で集纂しておりますので、雄略天皇から始まる、これは『日本霊異記』もそうですので、最初は雄略から始まるという、何かそういう風な考え方があったのではないかなと思います。

辰巳　今のお話を伺っていて、ふと思い出したのですが、『古事記』にみえる雄略天皇の物語のなかに、長谷朝倉宮《はつせのあさくらのみや》（雄略天皇の王宮）で豊楽《とよのあかり》、おそらく新嘗の祭儀の後の直合《なおらい》の折の歌物語があります。天皇の盞《さかずき》に、槻《つき》の葉が散り落ちたのを気づかないで、三重の采女が盞を捧げた無礼によって、お手討ちになろうとしたその時、彼女が咄嗟に詠った歌がなぜか、纏向日代宮《まきむくひしろのみや》の讃歌を詠い、そこで天下を治める大王を讃えることで、采女は罪を許され、褒美をいただくことになります。

纏向日代宮は倭建命《やまとたけるのみこと》のお父さん、景行天皇の宮殿です。なぜ雄略天皇の朝倉宮での物語に、纏向日代宮が出てくるのかという、この関係は、今の上野先生のお話で理解できるように思います。

倭建命は景行天皇の命をうけて列島を平定してまわるわけで、雄略天皇はその後を継いで、王権を列島に伸張させたことを語ろうとしたのでしょう。雄略天皇のワカタケルという名がヤマトタケルを受け継ぐことになるわけで、そこに『古事記』における雄略の位置付けがほのみえるかなと感じるわけです。

和田　ヤマトタケル伝承というのは非常に興味深い伝承ですけども、ワカタケル、雄略との関連ということが、かなり明瞭に表れていると思います。むしろそのヤマトタケル伝承が成立するのも六世紀代にくだってくるのかなとも思いますけれども。むしろ、ワカタケルをモデルに、実在した雄略を元に、実在しなかったヤマトタケル伝承というものが生まれてきているのではないか。そんなふうに思います。そのへんどうでしょう?

寺川　『万葉集』の雄略天皇とされる一番歌が何時できたかです。雄略朝で始まる『日本霊異記』は平安時代の初めの成立です。『万葉集』の編纂された時期をどうみるかも、絡んでくると思われます。

もう一つ、ヤマトタケルについては、黒沢幸三という方も雄略をモデルにしているといっておられます（「ヤマトタケル伝承の基礎的考察」〈『文学』三五―四〉）。名前の類似性をみても、ある程度、今おっしゃったことは想定してよいと私も思います。これはさらに考えていきたいと思います。

和田　それでは、最後に辰巳先生の方からご報告をいただけますか。

田原本と多氏

辰巳和弘

田原本の原始・古墳時代

このたびのシンポジウムは「やまとのまほろば田原本」というタイトルでもありますので、私は『古事記』以前の田原本から始めて、後半で太安万侶や多氏のことについてお話しさせて頂きたいと思います。

田原本といえば、まず弥生時代の大遺跡、唐古・鍵遺跡があります。この会場（田原本青垣生涯学習センター）の建物内に唐古・鍵考古学ミュージアムがあります。展示室がふたつ。それをつなぐ短い通路の右側に、褐鉄鉱の殻とそのなかに納められていたヒスイ製の大きな勾玉がふたつ展示されています。唐古・鍵遺跡第八〇次調査で出土した資料です。

この褐鉄鉱の殻は、なかに粘土が包含された自然の生成物です。その粘土は非常に鉄分を含んでいて、古代中国では禹余粮《うよりょう》という名の不老長生の仙薬として服用されていました。

褐鉄鉱の殻を割って、なかの粘土を採り出した後の空洞に、二個のヒスイの勾玉が入っていました。一個なら、偶然に入ったということもできますが、二個となるとそうではないことがわかります。弥生人が褐鉄鉱の殻に納めたことは間違いありません。

ご存知のとおり、ヒスイは北海道や静岡、長崎など、全国数箇所で採取されます。なかでも新潟県糸魚川市の姫川流域で採取されるヒスイがとりわけて珍重され、縄文時代以来の古代人が玉に加工して身に着けた呪術的な装身具でした。

なぜ呪術的かといいますといつまでも緑の光沢を失わないところに「永遠」を重ねた歌が『万葉集』第十三巻に「沼名河の　底なる玉　求めて　得し玉かも　拾ひて　得し玉かも　惜しき　君が老ゆらく惜しも」と、限りある人の命の対極にある「永遠」の象徴として歌われることにうかがい知れます。

姫川流域は越後国頸城郡沼川郷にあたります。そのヒスイ製の大きな勾玉二個が、仙薬を採り出した空洞に納められた行為の背景に、弥生人の不老長生への思いがうかがえますし、なにより古代中国の神仙思想が理解されていたことを知ることができます。この勾玉を納めた褐鉄鉱の殻は、弥生時代中期末から後期初頭のころの溝から出土しました。紀元前一世紀の末頃でしょう。

また唐古・鍵遺跡では銅鐸も製作されていたことが鋳型の出土でわかります。近畿地方で製作された銅鐸のなかに、「かせ」という糸巻きの道具をもつ古代中国の神仙世界の女神、西王母を描いた絵画を持つものが数点あるという事実も、弥生時代の近畿地方まで中国思想が流入し、倭人なりにそれをとり入れ、理解しようとしていたことが判ります。

勾玉も、銅鐸も古代日本列島で創造された思想的・宗教的な遺物である点に注意して欲しいと思います。

さて、田原本には、八尾・小阪・宮古に鏡作神社が三社あることは、皆さんよくご存じのこと。隣の三宅町石見にも一社ありますから、奈良盆地の中央に四社あることになります。なかでも八尾の鏡作神社の神宝である三角縁三神三獣鏡の内区は、鏡製作の原型であった可能性がありますが、そこにみえる神獣をはじめとする図像は古代中国の神仙世界そのものです。

天理市の黒塚古墳に三十三面もの三角縁神獣鏡が副葬されていたことでも明らかなように、この大型銅鏡は死者が不老不死の神仙界へ行くための葬送の道具です。

その鏡作集団が田原本一帯に居住し、盛んに鏡作りを行ったのは、前代から中国思想を享受していたがゆえだったと考えられるだけでなく、唐古・鍵遺跡での銅鐸をはじめとした青銅器製作技術を引き継いだ人びとだったと考えられます。弥生時代以来、田原本に住んだ集団は常に大陸の先進文化を受け入れ、倭人風の神仙思想を創造した人びとだったのでしょう。

多神社と多氏

多神社が鎮座する地は、多遺跡という弥生前期に始まる環濠集落遺跡です。そこに住んだ人びとも、そうした大陸の先端知識や技術を会得していたことと思われます。太安万侶をはじめとする多氏もまた、そうした地域がもつ文明力のなかで系譜を重ねていたことは間違いありません。

「稗田阿礼が誦める勅語の旧辞を撰録して献上せよ」（『古事記』序文）という元明天皇の詔が下されたのも、そうした前代からの背景があると考えます。

多氏に話を展開することにします。

『古事記』には神武天皇の段に、『日本書紀』には綏靖天皇の段に多氏の系譜がみえます。『古事記』によれば話の展開はこうです。

神武天皇の死後、御子の神八井耳《かむやいみみ》と神沼河耳《かみぬなかわみみ》の兄弟は、腹違いの兄の当芸志美美《たぎしみみ》に命を狙われていることを母の伊須気余理比売《いすけよりひめ》から歌で知らされます。そこで、弟は兄に当芸志美美を討つよう勧めますが、彼は手足が震えてことを果たせず弟の神沼河耳が当芸志美美を討ち果たします。そこで兄の神八井耳は弟に天下統治を譲り、神沼河耳が即位することになるわけです。綏靖天皇です。そして神八井耳は「忌人《いわいびと》」として弟を扶《たす》け仕えることになったのですが、その末裔十九氏の名が『古事記』に記述されます。多氏の始めとなる意富臣《おおのおみ》はその筆頭に、二番目に小子部連《ちいさこべのむらじ》と並びます。興味深い同族関係記事です。

『古事記』では神八井耳は天皇の忌人となりますが、同じことを『日本書紀』では「天神《あまつかみ》や地神《くにつかみ》を祭って」仕えると記述します。同じ意味だと思います。神々の祭りを職掌とする家柄となるのです。王権に関するさまざまな神話や伝承を掌握しなければそれは行えません。安万侶に旧辞の撰録が命じられる背景には、その家柄が王権のなかで関わってきた職掌がおおいに関係したであろうと考えられます。

壬申の乱のおり、安万侶の父であったと考えられる多臣品治《おおのおみのほむぢ》は、美濃国安八磨郡《みののくにあはちまのこおり》の湯沐令《ゆのうながし》という任についており、大海人皇子の軍事的・経済的な基盤となる地域を支配し、皇子に従って挙兵しました。安八磨郡は、今の大垣市から羽島市あたりになりますか、しかもその南の尾張の国司として同じく二万の兵を率いて大海人側に従ったのが小子部連であるのも、意富臣と小子部連の同族系譜を考えるうえで無視できない事実です。

さて話を太安万侶の『古事記』選録に戻しますが、彼がそうした任を命じられた背景についてはさきに触れました。

稗田阿礼が誦習してきた言葉を文字として書き連ねるのは彼の仕事です。われわれは言葉をしゃべりますが、それを記録するには文字が必要です。私たちの先人は中国の文字を借りてそれを表記しようとしました。まさに安万侶はその任にあたったのです。

多氏が早くから大陸の文化を享受し、己のものとしていたからこそ、結果的に安万侶が『古事記』撰録という大役を担うことになるのではないかと考えます。遥か弥生時代から奈良時代まで、一気に駆け抜けました。

そこで、さらに申し上げますと、弥生時代に大和の中心として栄えた唐古・鍵遺跡が、なぜそのままヤマト王権の中心地とならず、纏向に中心が移動するのかという問題です。

初期大和政権

私が考えますのは、魏志倭人伝で卑弥呼の登場を「共立」という言葉で記録している点が重要で、要するに談合政権ができ、その都を邪馬台国に置いたということです。卑弥呼が倭国の女王である点に注意すべきなのです。

弥生時代末期の倭国を構成していたクニグニの諸王は、談合政権をつくるにあたり、誰を王とすべきか探したでしょう。おそらく大和の唐古・鍵遺跡に、神仙思想に精通し、その思想と呪法をもって人びとを導いていたのが若き卑弥呼だったのでしょう。

彼女に目をつけた諸王は、新たな政権（ヤマト王権）をつくるにあたり、纏向というそれまであまり人の住んでいなかった三輪山の麓に巨大な神殿を造り、談合政権＝初期ヤマト王権を誕生させたと考えています。

唐古・鍵遺跡には、銅鐸や銅鏡などの青銅器を製作するハイテク技術があったわけですから、新たな談合政権もまた、その技術者集団を配下に置いたことでしょう。

鏡作の集団は、唐古・鍵遺跡から出て、西寄りの現在の鏡作神社周辺に居住して、鏡の製作をするようになったことでしょう。その折りに、中国の神仙思想で邪を避けるという、直径九寸以上の大型三角縁神獣鏡を誕生させたのではないでしょうか。

多氏は、政治の中心は纏向へ動いたけれど現在の多神社のある多地域で、ヤマト王権の祭祀の一翼を担うことになったとみています。

田原本の古代をダイナミックに考えることは、ヤマト王権誕生の過程を文化的に理解する近道だと思います。「やまとのまほろば田原本」、多少ゴマをすりつつお話をさせていただきました。

和田　田原本の人にとっては非常に心強いお話をいただいたかと思います。
では先生方、ご意見を。

上野　『日本書紀』と『古事記』を比較した場合、『日本書紀』は舎人親王を中心として編纂総裁が置かれ、そこに官人が集められて、編纂していった書物です。その中心には、大和の文人《ふみひと》や河内の文人たちを中心とした人たちがいたと思います。そうするとこれはやっぱり律令国家のなかの官僚制というものの機関のなかで成立していった書物であって、それであるが故に、やはり成立した時についても『続日本紀』に載っていると思うのです。
ところが、この『古事記』序文をみますと、この田原本の太安万侶が最終的な編纂をし、お隣の郡山の稗田阿礼が誦習をしていたものという。

稗田阿礼については舎人であって、その舎人というのは、いわゆる大和の古い豪族の中から献上されて、天皇の近くに行った人たちであるわけですので、やはり身近な歴史、まさにお隣さん、どこどこには何々さんがいて、どこどこには何々さんがいて、っていうような歴史が『古事記』だと私は思っているのです。『日本書紀』の何分の一、何十分の一でしかない『古事記』の方に氏族名が非常に多い。氏族の氏の始まりを語ったところが多くて、そして『日本書紀』の方が少ないと。

ということは、関心があくまでも古い歴史を見るということにあると思います。内廷的といいますか、天皇の身の回りにいた人たちで、天皇と直接話ができる、身分は低いけれども話ができるような舎人たちが語っているような歴史であって、その中で多氏のひとりが選ばれ、稗田氏のひとりが誦習で選ばれていったと思います。そう理解すると、辰巳先生の話と私自身が漠然と考えていた『古事記』観が繋がってきた気がします。

辰巳　上野先生のお話のその前半部分についてなのですが、『日本書紀』は確かに公の歴史書なんですけれど、ところが巻一と巻二のいわゆる神代巻は、決定版の本文の後に「一書に曰はく」という異伝がたくさん記述されている点が気になってしかたがないのですが、どうお考えでしょう。

上野　実は私自身、今日、先生にもお聞きしたいことだったのですが、あんなにですね、煩瑣《はんさ》に異書を次々示して、何が本当かわからないような書き方というのは、私は、あれをみた時に、「あ、これは国会の官僚の答弁かなあ」と思ったんですよね。

つまり、どこからも文句が出ないように、「あんたのところもちゃんと入れてあるから安心してください」「あなたのところも入れてありますから」「農協さん大丈夫ですよ」「工業組合さん大丈夫ですよ」

っていうような、私はそういうような、むしろ官僚的なイメージで捉えています。

和田　『古事記』と『日本書紀』というのは、共に『帝紀《ていぎ》』『旧辞《きゅうじ》』（「くじ」とも申しますが）、共通の資料としておりますので、『古事記』と『日本書紀』を読み比べると、日本神話でありますとか、ヤマトタケルの話は『古事記』や『日本書紀』にも見えているわけです。それは共に帝紀、旧辞を利用しているからであって、『古事記』と『日本書紀』には共通する伝承が多いというのはそういうことなのですね。

ところが『日本書紀』は、それに加えて歴代の天皇の記録や諸豪族の記録、神社・寺院の記録、あるいは百済の記録をも加えておりますので、全三十巻という膨大なものとなっていますが、『古事記』はわずか三巻という、大きな違いがあるわけです。ただ、帝紀と旧辞は共通しておりますから、日本神話やヤマタノオロチ退治の話は、どちらにもある。そうした共通するところと違うところがあるのですね。特に日本神話を読んでみますと、『古事記』の方がはるかによくまとまっていて、文章にリズム感があって読みやすい。また、多くの現代人をも感動させる物語が多い。

ところが、『日本書紀』は同じヤマタノオロチやヤマトタケル伝承を取り上げながら、本文《ほんもん》がまずあって、その後、第一の一書とか第二の一書、果ては、第十の一書まで、いろいろな断片的な記事を掲げているわけです。ですから『古事記』はまことに読みやすい。さらに神話などはリズム感があって、文学的に優れている。

一方、『日本書紀』は漢文で詳細に記されているが、リズム感がない。そこに大きな違いがあります。ただ、我々、歴史を学ぶものにとっては、『古事記』は完成した内容しか示していないけれども、『日本書紀』の場合は、素朴な話から込み入った話まで、同じヤマタノオロチの話のところでも、簡略なものから複雑なものまで列挙されているので、我々はそれによって、幼稚な話の段階から完成度の高い物語に移り変わっていった過程を、よく知ることができる。

そういう意味では『日本書紀』は歴史書ということに値するわけです。一方、『古事記』は文学性に富み、現代の我々が呼んでも感動するような、そういうリズム感にあふれた文章ですね。だから、それはおそらく天武天皇が稗田阿礼を相手に削偽定実された、その結果なのですね。

そしてまた、削偽定実というのは何が偽りで、何が正しいかということなのですが、それではその削偽定実したのは誰かというと、天武天皇自身がやったということに他ならない。

『古事記』には高度の政治性といいますか、政治的判断がある。天武天皇が判断して完成させた物語だという、そこが『古事記』の非常に優れた点であり、また一面からみれば、非常に危険な側面も持っている。天武天皇の判断で正しいとされたことだけが選ばれているという、そこのところは留意しなければならないところだと思います。

話は少し変わりますけれども、先ほど安万侶さんの話が出てまいりました。安万侶さんの父親は多《おお》の品治《ほむじ》という、これまた壬申の乱の英雄ですから、おそらくそのことがあって安万侶さんは、天武朝に天武天皇と稗田阿礼との間で行われた削偽定実が中断していたのを、和銅四年から五年にかけてまとめ上げた。

安万侶さんが選ばれた背景には、壬申の乱の英雄であった品治の子供であることがあるのでしょう。元明天皇もそのことを深く認識されていて、安万侶さんに下命してまとめさせたということになるかと思います。

また、安万侶さんは語学にも優れていたのでは、と思います。古代において最も優れた漢文学者でもありますけれども、安万侶さんの父親が品治で、品治のお父さんは蒋敷《こもしき》という人物なのですね。そして蒋敷の妹は、百済から倭国へやってきた豊璋《ほうしよう》の妻になっているのです。安万侶さんは百済の言葉にも習熟していた可能性もあると思います。

ですから、安万侶さんは実に多様な形式で、漢文だけでは読みにくい、それで和語の一字一音で読める形式などを取り入れた、変体漢文とよばれる形でまとめ上げたわけです。そうした背景もあるのではないかと思います。

辰巳 さきほど、上野先生が語りをおやりになった伊邪那岐（イザナキ）の黄泉の国訪問の箇所は、考古学でよく問題になる部分です。

伊邪那美（イザナミ）が火の神、軻遇突智《かぐつち》を産んで亡くなって、そのため伊邪那岐が黄泉の国へ追いかけていく。そこで、真っ暗な中で櫛の男柱に、ぽっと火をつけて、彼女が絶対見るなと言ってるのに見たところ、腐乱している伊邪那美の姿を見た。その時の表現が、「蛆たかれ、ころろく」という、上野先生が読み出された最初の部分でありますが、その言葉は一字一音で表記されているわけです。目を瞑って「蛆たかれ、ころろく」と聞いただけで、その情景というものを、当時それを聞いた人はもうイメージができたわけです。これは『日本書紀』にはない部分ですよね。やはり「語り」ですよね。古いことを語り聞かせていく文体が『古事記』の魅力です。

その後、伊邪那岐は黄泉の世界から黄泉軍《よもついくさ》に追われて逃げるわけでありますが、その時に頭に着けているかつらを投げ捨てたら、それは山ぶどうのつるで作ってあるわけですから、山ぶどうの蔓がぐわーっと生えてきて、その山ぶどうの実を黄泉醜女《よもつしこめ》たちが食べている隙にまた逃げていく。そうして今度は、片方の櫛を投げつけると、たけのこがニョキニョキ生えてくる。黄泉醜女たちがそれを抜き食べている間にまた逃げていく。この場面は、まさに神話というのは、このようにして語られるんだ、ということをイメージさせる。だから『古事記』はワクワクしながら読むことができます。まさにそこは太安万侶の、技量というんですか、力だなあ、という風に思えてならない部分ですね。

和田　寺川先生、そのあたりどうでしょう。

寺川　そういう文学的なところって確かにそうなのでしょう。先ほどの一書の問題ですが、例えば『古事記』は黄泉の国の話を取り上げているのに、『日本書紀』の方は本文では触れず、一書のなかに入れている。そのほか、一書の挿入は保持者の要望もあったのでしょうが、先ほどもいいましたように、『日本書紀』の編者たちには神話を絶対化したくない、せめて相対化したいという意図があって加えているのではないかと思います。

特に冥界神話は現実重視の儒教的教養を身につけた官僚である編者にとって、正史『日本書紀』のなかに入れるべきものではなく、一書としてでも入れること自体が外国を意識するときかなり恥ずかしいことはなかったたか、という感じはしますね。

その『日本書紀』の一章なのですが、まだ今は印象だけなのですが、古い時代の伝承というよりは、天武天皇が絡んで、修正された『古事記』神話形成以後の伝承も入っているのではないかと思っています。だから、天武天皇以後も各氏族は自分たちの政治的立場から都合のいいように、伝承を変え続けており、それをもう一度集められているところもありそうです。
それらは、各氏族の自分たちのも入れてほしいという希望、つまり天武天皇だったら誤伝として切り捨ててしまわれる伝承を入れざるを得なかった一面もあったのではないかと思います。つまり、一書の挿入には氏族の要求への対応と神話の本文の相対化という二つの意図が働いているのではないか、という感じがするんですね。しかし、それらは少なくとも『日本書紀』編纂時代の氏族全体のものでは決してないことは勿論です。ちょっと、余計なことを申しました。

辰巳　寺川先生がおっしゃるように、『日本書紀』は異伝の六番目に『古事記』と内容的に共通する語りを載せています。そうすると『古事記』と同じソースがあったなと思わざるをえないですね。

上野　だから、特に中国的な、といいますか、儒教の知識からすれば、まさにああいうものは、要らない伝承、つまり、死後の世界などというものはわかりもしないのに、というのは儒教的な考えからすると当然なのです。それでも入れてくるわけですけどね。だから、そのへんのところに、いろいろなものがあるんじゃないかな、隠された部分があるのではないかなと思うんですけどね。

和田　時間もかなり迫ってきましたけれども、最後にですね、三人の先生方に、安万侶さんのイメージというか、そしてまた、阿礼という人物をどういう風に捉えるか、それぞれご意見を伺えればと思うのですが。難しい質問ですけれども。

寺川　安万侶は、先ほどいいましたけれども、かなりの知識人で、日本語という言葉にも相当自覚の高い人ではなかったかと思います。
それは、例えば天之常立神《あめのとこたち》の注では、研究者もあまり注意してこなかったのですが、今の文法用語でいえば、活用形や品詞やその機能を明確に意識しています。

つまり、「常を訓みて登許（とこ）と云ひ、立を訓みて多知（たち）と云ふ」と注をつけています。後の「立」を「たち」と訓むというのは、連用形名詞法で名詞として扱えということです。それというのも「常（とこ）」は名詞には接続しても動詞には接続しないからです。

ですから、かなり言葉に対する意識の強い人であったと思います。彼が『古事記』の編者として選ばれたのも、こうしたことも含め、相当教養のある人物であったという感じはします。

それからもう一つは『古事記』偽書説では、多人長《おおのひとなが》が安万侶に託して偽作したなどという人がいます。平安時代初期の偽書や氏文はみな自氏の政治的立場を高めるために書かれており、自氏に関わって何かを主張するために作られています。だから、偽書には自氏に関わるそれなりの主張があります。ところが、『古事記』では先ほどから出ています多氏の祖、神《かむ》八《や》井《い》耳命《みみのみこと》をみますと、彼は神武記に自分たちの殺害を企てた手研耳《たぎしみみ》を殺せなかったと語っている。刀を持ったものの震えて殺せず、これを討った弟の渟《ぬ》名川耳《なかわみみ》命に忌人になろうと誓ったというのです。こうした人の子孫が多氏だと書くわけです。

ここには天皇家の主張はあるといえますが、多氏にとっては必ずしも名誉な話ではなく、どれほどの主張がこめられているか、いうまでもないことです。人長はこうした先祖伝承も含む『古事記』を、安万侶の子孫かどうかわかりませんが、太安万侶の名で書くようなことをしたものかどうかははなはだ疑問です。普通に考えればあり得ないことです。

『古事記』はあくまでも王化の書であり、なんら多氏の主張はなく、こうした面から多人長による偽書説は成り立ちません。安万侶は比較的忠実に天皇の意向に従って『古事記』をまとめていると思います。太安万侶は忠臣であるというイメージが私にはあります。

余計なことですが、稗田阿礼は女性か男性にふれると、これは非常に難しい問題です。舎人という職に女性がついたかどうかがからみますが、なかなかはっきりしません。

ややこしいのは舎人氏という氏族もいることです。天智挽歌（二―一九二）を詠んだ舎人吉年は女性とみられますが、この舎人も氏族名か、身分か分からない。職といえるならば女性の舎人もいるといえるのですが、はっきりしません。

暗記力は序文に書いてある通り、非常に優れていたと考えてよいことは、中国の少数民族苗族の男性シャーマンには、今でも神話を歌っている人がいて、何年間もこれを歌う儀式はおこなったことがないといいながら、少なくとも二時間は神話を歌っていました。そういう人たちが今もいます。

そういうような能力は男性も備えているので、阿礼は女性でないといけないという必要はないと思います。

苗族の男性のシャーマンも暗唱をやっているわけですし、稗田氏はアメノウズメの子孫とされ、鎮魂祭の儀式では、出身の女性がその儀式で舞ったようですから阿礼も男性シャーマン的な側面を持った人ではなかったかと思います。

また、漢字を認識し、読めることからは、古代においては男性を想定した方がよいかもしれません。とはいえ、阿礼は易しく書き換えることができず、文書化は知識人安万侶に頼らざるをえなかったようです。

上野　日本の国土の最初は、不安定であった。それを言い表すのに「浮ける脂《あぶら》のごとくにしてくらげなす漂へる時に」といっています。浮いている脂のようであって、それはくらげのように漂っているものであると。

つまり、具体的に相手にイメージを与えるために、脂が浮いているとか、くらげのように流れていく、というようなことをいい、死体が腐乱しているときに、蛆がたかっているんですが、黄泉の国の蛆はころころとなく。

「蛆たかり、ころろきて」といっているのは、明らかに、何度も何度も語ってゆくなかで、練り上げられていったものなのですが、それを書こうと思うと、それは大変なことでありまして、漢文であるならば、これ中国文ですので、外国語なんですね。アイラブユーとかウォーアイニーとかいっているのと同じことであります。そうすると、どうしても心に響かない。

一方これを全部漢字の音だけを使って、仮名で書けば、愛してるんだ、愛してるよ、愛してるんだぜ、という風に、全部語尾を変えて書けるんですけれども、そうすると長くなってしまう。

このところ、『古事記』序文に自分自身が苦労していることを、太安万侶が書いてまして、これも、田原本の方は必ずこの部分を読んで頂いて、ああ、こうやって日本語を記す苦労をした人が、太安万侶なんだっていうことを知って頂きたいのですが、このところ、こういう風に書いてあります。

「然れども、上古の時、言《こと》と心と朴《すなほ》にして、文《ふみ》を敷き句を構ふること、字におきてすなはち難し」。古い時代の方は、時は、言葉と心が素直であるけれども、文を敷き連ねて、それを文字にしていくことは大変難しい。

「すでに訓によりて述ぶれば」すでに漢文体でそれを訓じていったならば、「ことば心に至らず」言葉が心に至らない、とこういっているのですね。私、よく教育実習に行く学生に、生徒さんの心に届くように、どういう風に話をするかを考えなさい、っていうんですが。

言葉は心に至らず、で、その後なのですが、まったく、「音を持ちて連ぬれば、事の趣き更に長し」全部を仮名にしたらいいかっていうと、長々しくて読めない、昔の電報の文章みたいなのです。しんだいしゃ（寝台車）、なのか、しんだ・いしゃ（死んだ医者）、なのか、さいごうどん（西郷どん）、なのか、さいご・うどん（最後、うどん？）、なのかです。

これはやはり、事の趣き更に長し、といっているわけですね。ですから、太安万侶という人は、音と訓を交え用い、あるいは一言の内にまったく訓を持ちて記しぬ、で、さらにはこの歌については、大和言葉を大切にしたいので、音で書くというようなことをしていて、序文にわざわざ、こういう時にはこういう注記を付けているから、注意をして読んでくれ、という風なことまで書いているわけです。

ですから、太安万侶という人は日本語によって、日本語を使っている日本人の心に届くために、日本語の書き方を工夫した偉人として、田原本で顕彰していただきたいと思っております。

辰巳　上野先生のお話を引き継ぎますが、伊耶那岐・伊耶那美は天の浮き橋に立って、天《あめ》の沼矛《ぬぼこ》を差し下ろして「塩こをろこをろにかきなした」わけです。掻き回すということを「かきなす」と表現します。そして「かきなす」の「なす」というのは「鳴」という文字を使うわけです。そこに音があるわけ。「こをろこをろ」にもゆっくりと矛をもって海を掻き回す動作が実感されます。擬態語ですね。『古事記』にはこの「こをろこをろ」という呪文のような言葉がもう一ヵ所でてきます。

先ほどお話ししました、雄略天皇の朝倉宮での三重の采女の物語で歌われた天語歌《あまがたりうた》のなかに、天皇の盞《さかずき》に浮いた脂が「こをろこをろ」とだんだん固まってくるように、国が強固になるという表現部分で使われます。

そうすると、神代の国土を生みなす『古事記』の冒頭部分の神話と、歌による物語が最も豊かに語られる下巻の雄略天皇の段とに国土をしっかりと作りあげるという意味を込めて「こをろこをろ」という言葉がキーワードのように使われていると改めて実感させられます。

私は日頃、稗田阿礼という人物が誦習した言葉を安万侶がよく認識して文字にしてくれたなあと深く感じ入りながら『古事記』に向かっています。

和田 どうもありがとうございました。本来ならば、まだもう少し時間を続けて、さらに深めていきたいと思いますけれども、予定の時間になっておりますので、このあたりで閉じさせて頂きます。

今日お話し頂いた内容はやはり、今までにない斬新なご意見もありまして、『古事記』の魅力、面白さ、読みやすさ、また、『日本書紀』にはない、文学的な香りがある書物だということは十分お分かり頂けたかと思います。

『古事記』一三〇〇年という今年は、佳節、おめでたい年にあたるわけですけれども、やはり皆さん方に『古事記』を実際読んで頂くということが一番大事なことでありまして、『古事記』をあまり今まで読んだことのないという方も、かなりおいでのように思います。

『古事記』には読み方があって、これは前からもいっておりますけれども、いろいろな形で文庫本の『古事記』が出ております。そのなかに、原文の読み下しと共に、読み下した文章だけでもなかなか難しいですが、それの現代語訳のついているものがたくさんあります。皆さんが関心を持っておられるところの現代語訳で先に読んで、『古事記』全体がどういうストーリーなのかということを頭に置いて、そして、それぞれ他の、いろいろな参考書とかを読み、より深く読んで頂ければ、『古事記』はやはり、非常に優れた文学書であるということをわかって頂けるかと思います。

せっかく、『古事記』撰録一三〇〇年という年にあたりますから、是非、皆さん方も、『古事記』を読んで、親しんで頂く、それも、現代語訳もついた文庫本を利用しながら、全体の筋道を押さえ、そして関心の持っておられるところ、ヤマトタケル伝承であれば、ヤマトタケル伝承をさらに深く読み込み、また所縁《ゆかり》のある場所を訪ねてみる、神社に参拝する、といったことをして頂くと、もっと『古事記』に親しんで頂けるかと思います。今日とりあげました話題は、まだごく一部でありまして、まだもっと掘り下げて、検討すべきテーマがあります。

最初にもお話しましたように、今回のこのシンポジウム、それから、田原本町の公民館で七月から始まっております連続講演は、書物になる可能性が大きいですので、もう一度、本日の三人の先生方をお迎えして、四人で、もう少し分量を増やす形で、本にまとめることができたらと思っております。今日は遅くまで、ずいぶんたくさんの人びとに、聴講頂きました。お礼申し上げます。どうもありがとうございました。

司会　ありがとうございました。『古事記』の読み方、それから、太安万侶の人となり、田原本との関わり、また、『万葉集』や『日本書紀』とのつながり、こういったテーマ、いろいろ面白いお話して頂きました。本当に四人の先生方、ありがとうございました。

ますます『古事記』に対して、興味がわいたところでございます。日本で初めての歴史書でありまして、文学書でもあります、『古事記』。そのような大変、あらたかともいえる、文学書の所縁の地でありますこの田原本。田原本町の持つ、豊かな歴史と文化、これからも、褪《あ》せることなく全国に、そして次の世代を担う子供たちへと、伝承していきたいと願っております。

Ⅱ　古事記とその周辺

多神社　拝殿

1　古事記への持統天皇の関与と元明天皇の編纂の勅

寺川眞知夫

『古事記』（以下、記）序文は天武天皇が、

　私は聞いている、多くの家が持ち伝えている帝紀とその時代の伝承にはすでに事実と異なり、多くの間違いが加えられていると。今のこの時にその誤りを改めなければ、もう何年も経たないうちに、其の正しい伝えが滅んでしまうであろう。これは、国家の縦糸と横糸であり、天皇の徳を人々に及ぼす大本《おおもと》なのである。

といって帝紀・旧辞をよく調べて、自ら記を編み、さらにこれを稗田の阿礼に誦習させたという。その阿礼の誦み習ったものを元明天皇の四年になって、太朝臣安万侶に命令して編纂させ、記として完成したので、和銅五年正月二十八日に献上したと説いている。

　ここには、記の内容について持統天皇、文武天皇、元明天皇の関与があったとは一切述べない。しかしながら、記の内容には天武天皇の時代とは異なり、持統天皇以後に形成された言葉、概念、営みを反映したところがあるようにみえる。つまり、記には天武天皇以後も修正された部分があると想定される

のである。

このようにいうとき、この序文を重視する者が、「天武天皇の編纂ののち、持統天皇時代以後にも記の内容に改変が加えられた」というのは、自己矛盾を犯すことになる。そういう私自身、記序が説く内容を重視し、天武天皇の帝紀・旧辞の討覈《とうかく》を受けて成立したと考えながら、今述べたように持統天皇時代以後に改変された部分があると考えているので、この矛盾を犯しているとの誹《そし》りを免れない。しかし、それらの改変は天武天皇の意向に反かず、王化の鴻基《こうき》としての理念を重視し、その強化を意図したもので、安万侶の序文においては、このことも含めて天武の営みの中に包摂して述べたと考えるものである。もちろん、記は天武天皇によってあらまし完成されたものの、持統天皇の時代を経、元明天皇の時代に書物として完成されたことをおもえば、持統天皇の時代の営為が元明天皇の命で完成されるときに取り込まれたと考えることはできよう。

ここでは曖昧に論じたが、では持統天皇の時代に改変を受けたとみられる記の要素は具体的には何かと問うと、すくなくとも三点あげることができる。第一は神々の世界を「天」から「高天原」に変えた点である。第二は「高天原」と密接に結びつく神の名を「大日孁貴」から「天照大御神」に変えたことである。天照大御神は天武天皇の時代には紀にみえる大日孁貴であったと考えられる。第三は記紀における氏族の始祖伝承の扱いである。以上三点は記の最終段階において、一括して変えた要素であろう。

さらにいえば、山背国筒木宮に出奔して最後までそこに留まった『日本書紀』（以下、紀）の磐之媛皇后と異なり、記の石之日売皇后は仁徳天皇と妥協して難波の宮に戻り、皇后の立場を守り続けたとするが、この伝承の展開は女帝、とくに持統天皇への配慮が働いているようにみえる（「石之日売のかなしみ」〈「古事記年報」第31号〉)。

本稿では元明天皇がこれらの営みを加えながら、稗田の阿礼の誦む天武天皇の記を文字化しようとした気持ちの背後にも目を配りながら考えてみたいとおもう。

持統・元明両天皇の記への関与は想像でしか無いと片付けられそうであるが、以下、私見を述べてみよう。

持統天皇と天照大御神

天照大御神の名前が持統朝に成立したことについてはすでに論じたことがある(「天照大御神―その神名の成立―」〈『古事記神話の研究』〉)。柿本人麻呂は『万葉集』(以下、万葉)の日並皇子挽歌において、「天照　日女之命」(二―一六七)という表現が用いるが、異伝として「一云　指上日女之命」を示していることに注目するとき、ここには次のようなことが浮かんでくる。すなわち、
①「天照」は万葉には三例みえる。第一は一六七番歌、第二は「ひさかたの　天照る月は　云々」(一五―三六五〇)、第三は「天照らす　神の御代より　安の河　中に隔てて　向ひ立ち　袖振り交し　息の緒に　嘆かす子ら　云々」(一八―四一二五)である。第二の例は天平八年四月、阿倍朝臣継麻呂を大使とする遣新羅使が、新羅に拒否された旅で詠まれた歌であり、月の修飾語として用いられている。第三の例は天照大御神をイメージし、天平勝宝元年(七四九)七月七日に家持が詠んだ歌であり、時代的には下る。
②一六七番歌は、天照大御神に相当する神として、『日本書紀』(以下、紀)にみえる「大日孁貴」に

対応するとみられる「日女之命」なる神名を用い、例えば四一二五番歌についてみた「天照す神」のような神名表現を用いていない。

③「日女之命」の修飾語に「天照」の異伝として「指上る」を示していた。こうした異伝の注記を澤瀉久孝氏の説かれたように人麻呂の推敲（『萬葉集注釈』第二巻）とみると、この歌を詠んだときには天照日女之命という表現もいまだ不安定で、「指上る」なる表現を許し得ていたことになる。

④一六七番歌は持統天皇三年四月十三日に薨去した日並（草壁）皇子の挽歌で、殯宮《もがりのみや》が一年続いたとみても、持統四年の内には詠まれていよう。ということは、持統四年の時点では「天照　日女之命」は不安定で、天照大御神なる神名も成立していなかったといえよう。

⑤一六七番歌を含めて、「日の皇子」の修飾語は「高照」（一―四五、五〇、五一、二―一六二、三―二三九、一三―三二三四）、「高光」（二―一七一、一七三、二〇四、五―八九四「日の朝廷」）、「高輝」（三―二六一）と揺れ、作者も五〇（不明・藤原宮以後）、五一（不明・藤原宮以後）、一六二（持統二例）、八九四（憶良）、三二三四（不明）で、他の六例は人麻呂もしくはその周辺で歌われている。三二三四が問題ながら、これらの表現の使用は、持統朝以後、人麻呂以後とみてほぼ間違いないであろう。

ところで、枕詞「タカヒカル」は記にも用いられる。景行記・応神記・雄略記の歌謡に五例みえるのである。四例は「日の御子」の日、一例は「日の宮人」の日の枕詞である。もちろん、景行天皇記の歌謡とはいえ、歌謡が景行朝に成立したわけではない。ここで注目されるのは、これと併用される「やすみしし　わが大君」である。両者を比較すると、「やすみしし　わが大君」の方が伝統的な表現のようにみえる。万葉では舒明朝の間人連老の歌（一―三）や天智天皇の挽歌に用いられているからである。これに対し、天皇を「日の御子」と意味づける神話は天武天皇によって形成されたとみられ、歌謡の「高光る日の御子」の表現も天武朝を遡ることはないと考えられるからである。このことを踏まえると、景行記の美夜受比売の歌の「高光る日の御子　やすみしし我が大君　あらたまの年が　来経れば云々」と始まる両者の重複表現は、人麻呂作歌にもみえるが、「やすみしし　わが大君」の表現に、「高光る　日の御子」を架上した表現とみて間違いない。おそらく、「高光る　日の御子」なる表現は天武朝に成立し、万葉の「高光る　日の御子」の表現に先行して歌謡に用いられ、その流れに立って「高光る」だけでなく「高照らす」などの表現も成立してくるとみてよい。したがって、それらの表現を踏まえた天照大御神なる神名も持統朝以後に成立したもので、記はこれを取り入れていると考えるのである。当然、天照大御神を高天原の主神として神話を展開する記には、天武天皇以後に成立した概念が持ち込まれているということになる。

持統天皇と高天原

高天原を統一的に用いるのは記であるが、それらは①冒頭部の天の世界の出現、②三貴子分治、③天石屋（三例）、④根之堅州国訪問、⑤国譲（二例）、⑥天孫降臨（二例）、計十例みえる。このうち、⑤と⑥には、祝詞に継承される慣用的表現、「底津石根に宮柱布斗斯理、高天の原に氷椽多迦斯理て」が三例みえる。この表現は最初は根之堅州国訪問譚の速須佐之男命の言葉として用いられ、さらに大国主神の述べる国譲りの条件の中に用いられて出雲系の表現のようにみえるが、天孫降臨後の天孫の宮殿の表現にも用いられる。

中村啓信氏の指摘のように、記と異なり、紀神代本文には二例しか高天原は用いられない（「高天の原について」『古代文学論集』）。これら、紀にみえる高天原をみると、

①又、伝えていうには、高天原にお生れになった神の名を、天御中主尊と申す。云々。（第一段一書第四）

②伊奘諾・伊奘冉の二神が高天原にいらっしゃって、「確かに国が有るだろうか」と仰しゃって、すぐ天の玉の矛で、オノゴロ嶋をかき探って造られた。（第四段一書第三）

③伊奘諾尊が三柱の子に直接委ねて仰しゃるには、「天照大神は高天原をお治めなさい。月読尊は、青海原の潮が幾重にも重なるところをお治めなさい。云々。（第五段一書第六）

④伊奘諾尊が三柱の子に直接委ねて、「天照大神は、高天之原をお治めなさい。月夜見尊は、日と並んで天の事をお治めなさい。云々」と仰しゃる。（第五段一書第十一）

⑤素戔鳴尊が願い出ていうには、「私は、今お言葉をいただいて根国に参ろうと思います。そこで、しばらく高天原に参って、姉上にお目にかかって、その後、永遠に根国に参ろうと思います」と申し上げる。（第六段本文）

⑥また天児屋命・太玉命に、（中略）、お命じになるには、「私が高天原でお作りになる神聖な田の稲穂を、また私の子に委ね申し上げよう」と仰しゃる。（第九段一書第二）

⑦そこで古来の言葉として、「畝傍の橿原に、宮柱を大地の底の大磐にしっかり立て、高天原に千木をそそり立たせて、始めて天下をお治めになった天皇と名付けもうしあげて、云々。

（神武天皇辛酉年正月庚辰朔即位条）

といった諸例で、㋑別天神三神の出現の場、㋺磤馭盧嶋を画き成す場、㋩天照大神の治める世界（三貴子分治、素盞嗚尊の昇天、天孫降臨）、㊁宮殿の定型的称辞に用いられる位置、の四種七例に整理できるが、天照大神の統治の場としての使用が四例でもっとも多い。第五段の③、④、⑤によってみると、天照大神の統治と結びつけた高天原を用いる異伝にはすくなくとも二つの系統がある。ここにみた異伝等は持統朝以後の修正を経た異伝であるといえるが、他の伝承が二つの系統の伝承と如何に関わるのかは明確ではない。ただし、『古語拾遺』の例をみてみると、このうちの一種は忌部氏系の伝承であったかとみられる。すなわち、『古語拾遺』にも二例の高天原がみえ、それらは、

①二神は一緒に殿の内にお仕えしてしっかり防護なさい。私が高天原でお治めになる神聖な田の穂〈これは稲の種である〉をもって、また吾が子に治めさせるよう配慮なさい。（『古語拾遺』）

②いわゆる「底つ磐根に宮柱ふとしり立て、高天の原に搏風《ちぎ》高しり」（地の底の岩盤に宮柱をしっかり立て、高天の原に届くばかりに千木を高く立て）、皇孫の命の立派な御殿をお造りしてお仕え申し上げよとのことである。（『古語拾遺』）

というもので、第一例は紀神代一書の⑥の例と重なる。これは紀一書の高天原を用いる神話をそのまま採話したのか、紀にも採話された忌部氏の独自伝承をここにも示したのか、定かではない。第二例は記の⑤⑥および紀⑦にみえる慣用的表現と重なり、御殿を建てる表現に用いられる定型である。これは宮殿・社殿建築を担当した忌部氏の独自表現とみることもできる。いずれにせよ、紀に「古語に称して曰さく」、『古語拾遺』に「いわゆる」という語を加えているので、これに類する表現が早く成立していた

可能性はある。『古語拾遺』は平安時代初期の成立であるが、忌部氏は「高天原」なる語が成立すると、いち早く是に対応し、自家の伝承に修正を加えていたといえようか。

紀で今一点注目されるのは、持統天皇の諡である。持統紀の巻頭本文において、

高天原広野姫《たかまのはらひろのひめの》天皇は、幼名は鸕野讃良皇女《うののさららのひめみこ》とまうしあげる。天命開別《あめみことひらかすわけの》（天智）天皇の第二女である。母を遠智娘《おちのいらつめ》と申し上げる〈またの名は美濃津子娘《みのつこのいらつめ》。〉（持統紀）

という。このように天皇名に高天原を冠するのは持統天皇だけである。天を冠する諡は欽明天皇の「天国排開広庭天皇」からで、以後、皇極・斉明天皇の「天豊財重日足姫天皇」、孝徳天皇の「天万豊日天皇」、父天智天皇「天命開別天皇」、夫天武天皇「天渟中原瀛真人天皇」と「天」と続く。しかるに、持統天皇になって「天」ではなく、「高天原」が冠せられる。もとより、諡は後人が贈るもので、本人の預かり知らないことであるが、持統天皇と無関係に高天原を加えたとも思われない。もっとも『続日本紀』（以下、続紀）は、

従四位上当麻真人智徳が諸王・諸臣を率いて、太上天皇に誄《しのびごと》を奉り、諡《おくりな》をして大倭根子天之広野日女尊《おおやまとねこあめのひろのひめのみこと》と申し上げた。（続紀・大宝三年十二月癸酉条）

と記し、「高」の字を用いていない。しかし、これは脱落とみられ、紀では「高天原」としているし、万葉でも雑歌（巻一）、相聞（巻二）・挽歌（巻二）の時代区分「藤原宮御宇天皇代」の分注に「高天原広野姫天皇諡して持統天皇と曰す。云々」とする。紀に依拠した表記であったとしても、各一例計三例みえるから、やはり持統天皇の諡には「高天原」が冠せられていたとみてよい。諡するときに文武天皇の意向を汲んだかは不明であるが、その意向を受けて当麻智徳のグループが撰んだとみてよい。このよ

うに「高天原」を撰んだのは持統天皇が「高天原」の名の成立にかかわったからと推測されよう。

風土記における高天原の使用状況はどうであろうか。記紀において高天原は天皇の権威のバックボーンとなる伝承に用いられる傾向にあるが、風土記は地方の在地伝承を中心とするから、用いられる可能性は少ないと予想される。しかるに、常陸国風土記は香島の神について天孫降臨神話とかかわらせ、「高天之原」「高天原」を各一例用いる。これは、神官がこの語を受容していたということなのであろうが、それは、

天地の草昧より已前、諸祖天神〈俗、賀味留彌《かみるみ》・賀味留岐《かみるき》といふ〉、八百万の神たちを高天の原にお集めなさった時、諸祖神がおっしゃるには、「今、私の御孫の命のお治めになる豊葦原の水穂の国」とおっしゃった。高天の原から降って来られた大神のみ名を、香島の天の大神とお讃えして申し上げる。（常陸国風土記　香島の郡の条）

という。「賀味留彌・賀味留岐」（かみるみ・かみるき）の語は、宣命では天平勝宝元年七月の孝謙天皇の宣命あたりから用いられる語である。香島の神の神名を建御雷神とすることはないが、その活躍は記の方が華々しいからか、「香島の天の大神」としながらも、記の表現に依拠して天ではなく高天原から降ったとする。ただし、記では建御雷神は国譲りの交渉の中心の神として葦原中国に派遣され、出雲国および科野国を移動したとするが、常陸国に天降ったとする伝承はみえない。もとより、建御雷神が経津主命の派遣に異議を唱えて割り込んだとする紀の伝承にも触れない。先にも触れたが、他の風土記も記紀の神話に準拠して高天原に触れることはない。出雲国風土記の語る、須佐之男命や大国主神についても記紀と重なるところは少なく、高天原には言及しない。

そうした中で今一つ、高天原に触れるもので注目されるのは、『続日本紀』にみえる宣命である。宣命で高天原に触れるのは天武系の天皇のもので、八つの宣命にみえる。その中には記完成以前の文武天皇と元明天皇の宣命に用いられているのが注目される。それはともかく、高天原の用いられる文脈には四つの型がある。

文武天皇の場合は六九七年の即位宣命では、

①詔しておっしゃるには、「(中略)高天原に事をお始めになって、天皇の遠祖の御世御世から現在に至るまで、天皇の御子がお生まれになった、いよいよ継ぎ継ぎに大八嶋国をお治めになる次第として、天つ神の御子でありながらも、天にいらっしゃる神のご委任なさったとおりに、云々。

(文武元年八月庚辰条)

と用い、天皇統治の淵源が高天原にあるとする。もっとも「天に坐す神」も、「高天原に坐す神」といってもよいのに、重複しては用いない。ここでは高天原とともに、別に言及した(「大八嶋国」〈『古事記神話の研究』〉)が、大八嶋も、律令用語であり、後に紀が用いる「大八洲」ではなく、記の用いる「大八嶋」を併せ用いているのも注目される。文武天皇の即位は持統天皇からの受禅によっており、持統天皇は在世中で、宣命の用語、高天原・大八嶋にはその意向が反映されていたと考えられよう。

続く元明天皇の即位宣命には高天原の語も大八嶋もみえず、後者は「大八洲」が用いられるが、翌年秩父から銅が献上され、和銅に改元されるときの宣命には、

②詔しておっしゃるには、「(中略)高天原から天降りなさった天皇の御世を始めとして、現在に至るまで、天皇の御世御世、天つ日嗣、高御座にいらっしゃってお治めなさり慈しみなさってこられた

お治めになる国、天下の仕事とまあ、云々。

（元明天皇　和銅元年春正月乙巳。武蔵国秩父郡献和銅の詔）

と天孫降臨神話と結びつけた高天原がみえる。これらは文武・元明天皇の周辺に天皇統治の淵源が高天原の統治者としての天照大御神の言依にあるとする、天武天皇の天孫降臨神話とかかわる神話が存在したことを暗示する。つまり、高皇産霊尊が天から天孫を降す紀本文に採られる天孫降臨神話ではなく、記に結実する降臨神話が存在したことを窺わせる。

続く聖武天皇の受禅即位の宣命に用いられる高天原は、

③詔をなさって、「（中略）高天原に神留り坐す皇親《すめむつ》、神魯岐《かむろき》・神魯美《かむろみ》の命が私の孫がお治めになる国、天の下であるとご委任なさったとおりに、高天原で事をおはじめになって、四方のお治めになる国、天の下の政をいよいよ高くいよいよ広く、天つ日嗣として高御座《たかみくら》にいらっしゃって、大八嶋国をおおさめになる倭根子天皇の大命であると詔なさるには、云々。（聖武天皇　神亀元年春二月甲午条）

と二例みえ、第一例は文武天皇の①の型であるが、第二例は記・紀にはみえなかった「皇親、神魯岐・神魯美の命」と結びつけ、新たな定型的な型を生み出す表現になる。聖武天皇の天平元年八月五日の宣命にも文武天皇①と同じ、「高天原ゆ天降り坐しし天皇が御世を」がみえ、さらに天平勝宝元年夏四月甲午朔の天皇の東大寺行幸の折の宣命には元明天皇②の降臨神話型の「高天原に（ゆ）天降り坐しし天皇が御世を」がみえる。聖武天皇③の高天原と「神留り坐す皇親、神魯岐・神魯美の命」を加えた新しい型は孝謙天皇受禅即位の宣命に「高天原に神積り坐す皇親、神魯棄・神魯美の命以て、吾が孫《みま》の命の知らさむ食す国、天の下と言依さし奉りの隨に、遠皇祖の御世を始めて」（孝謙天皇天平勝宝元年秋七月甲午）と用いられただけでなく、天平宝字元年七月戊午の奈良麻呂の乱の際の宣命に「高天原に神積り坐す皇親、神魯岐・神魯弥の命の定め賜ひ来れる天つ日嗣、高御座の次を」と用いられ、さらに淳仁天皇の高野天皇からの禅位の詔にも、「高天原に神積り坐す皇親、神魯弃・神魯美の命、吾が孫の知らさむ食す国、天の下と事依し奉りの任に」（淳仁天皇天平宝字二年八月庚子朔詔）と引き継がれる。このように整理すると宣命の高天原の表現には三つの型があるといえる。

この後「高天原」は称徳天皇即位宣命（天平神護元年正月癸巳朔己亥条）には用いられず、淳仁までの天武系の天皇の時代の詔の一部に継承されて、終わるのである。

ここに元正天皇の宣命がないのは、元正天皇は即位にあたって実務的な詔勅（霊亀元年九月庚辰条）を出し、いまみた類の即位宣命は出していないからである。これら八例の宣命では、官僚の重んじた紀本文の天孫降臨神話と異なる、記の天孫降臨神話にもとづく表現が継承されていた。これに称徳天皇の後に立った天智系の光仁天皇の即位宣命では「此の天津日嗣高御座の業は、天に坐す神・地に坐す神の相うづなひ奉り相扶け奉る事に依りて」（宝亀元年十月己丑朔条）といった表現が用いられ、高天原は用ない。以後、宣命における高天原の使用は途絶える。

以後の正史にみられる高天原の使用は持統天皇の諡の他は、伊勢神宮への告文である。これらは四例であるが、先にみた記⑤・⑥・紀⑦にみえた御舎を讃える稱辞としての定型的表現が継承されることになる。すなわち、『三代実録』には、

言葉にするにも畏れ多い伊勢の度会の宇治の五十鈴の河上の「下都磐根に大宮柱広敷き立て、高天の原に千木高知りて」讃え言を定め申し上げる天照坐太神の大前に申しなさいと申し上げる、

云々。　（貞観八年七月六日告文）

といった表現が、多少のゆれは見せながら他にも、貞観十一年（八六九）十二月十四日丁酉、貞観十三年（八七一）九月十一日甲申）、元慶元年（八七七）二月廿三日乙丑）の三例の告文にみえる。これらの使用に忌部氏が関与したかどうかは不明であるが神祇官のなかでこうした表現が継承されていたことを暗示していよう。

この後、高天原が用いられるのは『延喜式』祝詞である。祝詞には二六例の「高天原」がみえ、九例は宣命③の「高天原に神留り坐す皇親、神魯岐・神魯美の命の」型、一二例は記⑤・⑥・紀⑦と同じ「高天原に千木高知りて」の型、三例は文武天皇宣命①の型もしくはその変形、高天原を自由に用いたものが二例みえる。いずれにしても、これらは神祇官僚が慣用的に用いる語として継承していたことを示している。

このように見てくると、高天原は特殊な表現ではあるが、天武系の天皇の続いた時代においては文武天皇以下の天皇の公的な宣命に用いられる語であったのであり、その後も『三代実録』にみえる伊勢神宮への告文・『延喜式』祝詞によれば、神祇官関係部署の公的文書に用いられる表現として生きていたことが知られる。このように高天原は独り記だけの背景を持たない語ではなく、広い基盤を持つ語となっていたと知られる。続紀における初見は文武天皇の即位宣命であり、その出発点は持統天皇の時代であったとみられるのである。

持統天皇と墓記

では、この他にも持統天皇との関わりはみられるであろうか。ここで注目したいのは、よく知られた記事であるが、持統天皇五年八月条の記事である。ここには、

十八の氏〈大三輪・雀部・石上・藤原・石川・巨勢・膳部・春日・上毛野・大伴・紀伊・平群・羽田・阿倍・佐伯・采女・穂積・阿曇。〉に詔なさって、其の祖等の墓記を奉らせなさった。

とみえる。この「墓記」については『釈日本紀』により「纂記」とする説もある。いずれにしても祖先関係の記事とみられており、一般には紀の編纂資料として用いられたと考えられている。しかし、紀の資料というには中途半端な時期である。かつ何故、これら十八氏なのかも不明である。またこの墓記・纂記とは何かも実のところ不明である。出自・始祖伝承なのか、系譜にともなう一族の者の活躍した事蹟の伝承などの諸伝承を含むのか明確では無い。これを出自伝承に限定してみると、かならずしも紀の出自記事には対応しない。紀においてはこれら十八氏の氏名は確かに記事中にはみえるが、出自伝承は、大三輪君（一書）、上毛野君、春日（和珥）臣、大伴連（神代一書）、平群臣、阿倍臣・膳臣の七氏についてみえるだけで、他氏のそれには言及しない。阿曇連については綿津見神三神を祭るに神代の一書でふれるが、記が「此の三柱の綿津見神は、阿曇連等の祖神と以ちいつく神なり」とするのに対し、紀は「底津少童命・中津少童命・表津少童命は、是阿曇連等が所祭る神なり」（紀神代第五段一書第六）とするだけである。これは紀の神話に対する態度とかかわるのかもしれないが、明確に「祖神」とすることは避け、安曇氏が綿津見神三神の祭祀に携わっているとするのみである。もっともこれも「墓記・纂記」が職掌伝承を含むとみれば、不都合で無いことになるが、この時期、紀の編纂が続いていたかどう

かは不明である。

また、記紀について孝昭記紀や孝元記紀の氏族出自記事を具体的に比較すると分かることであるが、周知のとおり両者はその示し方にかなりの相違がある。孝昭記紀をみると、

①兄天押帯日子命は、春日臣、大宅臣、粟田臣、小野臣、柿本臣、壹比韋臣、大坂臣、阿那臣、多紀臣、羽栗臣、知多臣、牟邪臣、都怒山臣、伊勢の飯高君、壹師君、近淡海国造の祖である。（孝昭記）

②六十八年の春正月の丁亥の朔庚子に、（中略）。天足彦国押人命は、此和珥臣等の始祖である。（孝昭紀）

と記が示した春日氏他一五氏の氏名を、紀は一族の名なのであろうが和珥等に一括する。これは孝元記紀にもみられることで、

③其の兄大毘古命の子、建沼河別命は、阿部臣等の祖。次に比古伊那許士別命、此は膳臣の祖である。比古布都押之信命、尾張連等の祖、竟富那毘の妹、葛城之高千那毘売を娶って、生んだ子、味師内宿禰、此は山代の内臣の祖である。また木国造の祖、宇豆比古の妹、山下影日売を娶って、生んだ子、建内宿禰、此の建内宿禰の子、合計九人である〈男七人、女二人〉。波多八代宿禰は、〈波多臣、林臣、波美臣、星川臣、淡海臣、長谷部君の祖である。〉、次に許勢小柄宿禰は〈許勢臣、雀部臣、輕部臣の祖である。〉、次に蘇賀石河宿禰は、〈蘇我臣、川邊臣、田中臣、高向臣、小治田臣、櫻井臣、岸田臣等の祖である。〉、次に平群都久宿禰は、〈平群臣、佐和良臣、馬御織連等の祖である。〉、次に木角宿禰は、〈木臣、都奴臣、坂本臣の祖である。〉、次に久米能摩伊刀比売。次に怒能伊呂比

売。次に葛城の長江曾都毘古は、〈玉手臣、的臣、生江臣、阿藝那臣等の祖である。〉、また若子宿禰は、〈江野財臣の祖である。〉。（孝元記）

④七年の春二月の丙寅の朔丁卯、（中略）兄大彦命は、是阿倍臣・膳臣・阿閉臣・狹狹城山君・筑紫国造・越国造・伊賀臣、すべて七族の始祖である。彦太忍信命は、是武内宿禰の祖父である。（孝元紀）

を比較してみると、大毘古命（大彦命）系は記より紀の方が多くの氏族名をあげるが、比古布都押之信命（彦太忍信命）系の場合は、紀は氏族名をあげず、武内宿禰をあげるだけである。これらの対比によってみると、氏族名の文字表記は記と持統天皇五年の墓記の記事にみえる文字と異なるけれども、大彦命系を除けば、紀は和珥のように氏族集団の名前をあげて、春日氏などのような個別氏族の名を出さない傾向にあるのに対し、記は春日・大宅・粟田臣など、和珥の氏族集団を構成する個別氏族名をあげてその出自を示す傾向にあり、出自伝承については、紀よりは記の方が個別氏族を重視しているようにみえる。もちろん石上を物部、藤原を中臣、石川を蘇我、羽田を波多、などのように読み替えてのことであるが、紀のばあい、始祖伝承に氏族名を出すのは十八氏のうちの八氏で、半数に満たないのに対し、記の場合は佐伯氏を除く十七氏、さらにはこれらに限定されない個別氏族の出自に言及する。こうしたことは如何に理解すべきであろうか。記にも紀にも出自・始祖伝承についていえば、十八氏以外の氏族についてもみえ、先にふれたようにやはりこの十八氏が撰ばれた理由は明確ではないが、これらによってみると、「墓記」は時代的には記の出自に関する注記的記事を確認し、場合によっては補うためにも利用されていたと考えられる。「墓記」は結果的に紀編纂の資料としても用いられたにせよ、天武天皇の記をより完全なものにする補助資料を集めるために持統天皇によって集められたものであったと理解することもできるであろう。こうしたところに持統天皇の記への関与を読み取ることは不都合であろうか。

ここにみた天武天皇の記の撰述以後の改変を、記に如何に吸収したかとなると、先にこれを持統天皇の修正と捉えたが、直接的関与があったとはいいがたく、おそらく持統天皇の時代に成立した天照大御神の神名、高天原、出自伝承を太朝臣安万侶が、元明天皇の指示によって、あるいは彼自らの判断で用いたと考えた方がよい。とすれば、持統天皇の積極的関与というよりは元明天皇もしくは安万侶の関与といった方がよいことになろう。

『古事記』成立の時代

記は和銅四年九月一八日に編纂の命が元明天皇によって太朝臣安万侶に下され、和銅五年正月二十八日に撰進されたという。

因みに、この日付表記が干支ではなく、月日によって示されていることについていうと、紀、続日本紀等の日付表記と異なり、やや違和感を与える。しかし、こうした月日の書き方は『上宮聖徳法王帝説』のほか、元明天皇即位宣命（続紀・慶雲四年七月壬子条）、元明天皇の和銅改元宣命（続紀・和銅元年正月乙巳条）他、奈良時代の文献には散見する日付表記でもあって、異とするには足りない。

その元明天皇の記撰進の勅であるが、序に記すところでは、

ここに、旧辞が誤り違っているのを惜しんで、従来の帝紀が誤り順序が違っているのを正そうとし

て、和銅四年九月十八日に、臣安万侶にお命じなって、稗田阿礼の誦み伝える天武天皇の自ら述べられた旧辞を撰録して献上せよと仰せられたので、謹んで仰せのとおりに、詳細にその伝えを採録した。

とある。この内容は稗田阿礼の誦む天武天皇の勅語の旧辞の撰録ということであるが、動機は天武天皇場合、「諸家の賷《も》てる帝紀及び本辞、既に正実に違ひ、多く虚偽を加ふと」いう認識にたち、「偽りを削り実を定めて、後葉に流へむ」という意図の実行ということであった。序に記す元明天皇の記編纂の命も同じく「旧辞の誤り忤へるを惜しみ、先紀の謬り錯れるを正さむ」という認識と意図にもとづくものであった。それは、天武天皇の目指した王化の書としての記を誰でも読める文字に定着することが急がれたからであろう。このように天武天皇の勅語の記を文字化することを急がせたものは何か。元明天皇のこの意図はどのようなところから生まれてきたのであろうか。

元明天皇は我が子文武天皇から禅位を伝えられたものの辞退していたが、半年余り経った慶雲四年六月辛巳（一五日）に崩御に遇い、受禅して即位したようである。

続紀の元明紀の冒頭部分には、

慶雲三年十一月、豊祖父天皇が体調をお崩しなり、始めて位を譲りたいとのご意志を示された。元明天皇は謙ってお譲りになり、強くご辞退なさってお受けにならなかった。四年六月に豊祖父天皇は崩御なさった。

とあり、慶雲四年七月壬子（十七日）に即位している。この即位宣命でも、自ら、

昨年十一月、畏れ多くも私のお仕えする天皇、私の子である天皇が仰せになるには、「私は、お

体を病んでいらっしゃるので、暇間を得て御病気を治療しようとなさっていらっしゃる。此の天皇の位は天神の委ねられた大命なので、お治めなさってください」と、お譲りなさるご命令をお聞きなさってお答へ申し上げたのは、「私は任に堪えられないでしょう」とご辞退申し上げ、お受けなさらずにいらっしゃる間に、度々日を重ねてお譲りなさいますので、そのご意志をもったいなく畏れ多く思い、今年六月十五日に「仰せのことをお受けなさいます」と申し上げましたものの、此の天皇位をお継ぎ申し上げる事はまあ、天地の神のみ心をもったいなく重大なこと、畏れ多いことと思っていらっしゃると仰せになるお言葉を人々は皆お聞きせよとおっしゃる。云々。

（続紀・慶雲四年七月十七日）

といい、即位に消極的で、仕方なく引き受けたという態度を示している。とはいえ、最終的には文武天皇の崩御に臨んで受禅したのである。万葉には、元明天皇の大嘗祭の時、石上朝臣麻呂が盾を立てたことを想像して詠んだ歌がみえる。すなわち、「和銅元年戊申」の「天皇の御製」、

ますらをの鞆《とも》の音すなりもののべの大臣《おほまへつぎみ》楯立つらしも

（一―七六）

である。この歌は即位翌年の歌であるから、十一月己夘（廿一日）の大嘗祭での歌とみられる。天皇即位後すでに一年半近く経過しているが、まだ天皇には不安があったようである。表面的には不安は読み取れないものの、娘で続いて即位して元正天皇となる御名部皇女はこの歌に不安を読み取ったようで、「御名部皇女和へ奉る御歌」では、

わご大君物な思ほし皇神のつぎて賜へるわれ無けなくに

（一―七七）

と詠み、補佐する意志を示し、母を励ましている。続紀は元正紀冒頭で元正天皇を、

天皇は沈着冷静で思慮深く、お言葉は必ず礼儀に叶っている。

と評し、元明天皇の元正天皇への禅位の詔にも、

一品氷高内親王は早くから天の示すめでたい印に叶い、はやくからよい評判を得ている。天は寛大かつ慈悲深さという徳、沈着冷静かつ美しさを与え、全国民が推戴してその徳を称える声が集まるのももっともである。(続紀霊亀元年九月庚辰)

とあって、これと対応する表現もみえるが、他方で、「夙く徳音を彰はす」と、すでに人々の評価を得ているとする表現もみえる。御名部皇女は元明天皇を支えてすでに政治的実績を積んだところがあったかと思わせる。即位の詔勅では、

私は謹んで天皇の位をお譲りになるご命令をお受けし、ことさらご辞退することはない。天皇の位を踏み、天皇の位に即いて、国家の体制を保とうと思う。この時、左京職から貢られた瑞亀を得ている。天皇の位に臨む最初に、天の神は、瑞祥を示している。天地の神の賜り物に報いないではいられないであろう。(続紀霊亀元年九月庚辰)

と述べ、なかなかの自信家であり、積極的な性格であったと思われる。万葉にみえる母元明の歌に応えた歌もそうした積極性の表れといえる。元明天皇の禅位の詔だけでは詳細は明らかではないにしても、元明天皇には娘元正の支えがあり、その実績から元正自身も積極的に天皇の座に即こうとしていたと思わせる。もとより記の編纂への関与のほどは不明であるが、天武天皇の勅語の記の編纂など、元明天皇の施策にも元正の意向を反映するところがあったかと思わせる。

記編纂の翌年、和銅六年には周知の如くいわゆる風土記撰進の制(続紀・和銅六年五月甲子条)が出て

いる。これを「日本書」地理志の編纂を想定した営みとみると、この頃日本紀撰定の動きが始まっていたとみられる。続紀は翌年にも、従六位上紀朝臣瀟人。正八位下三宅臣藤麻呂に詔が下され、「国史を撰ばせる」（続紀・和銅七年二月戊戌条）と記している。これについての理解は揺れるが、日本紀編纂に二人の有能な学者を参加させたとみると、やはり、日本紀の編纂がこの時期には動き始めていたとみてよい。こうした動向に一足先に対応したのが元明天皇で、和銅四年に安万侶に詔し、阿礼の誦習する天武天皇の削偽定実した帝紀・旧辞を撰定せしめたのではないか。

日本紀の編纂には藤原不比等も関与したのではないかと想定されているが、この時期には彼を中心として、養老六年頃に完成したか（「弘仁格式序」は養老二年）とみられる養老令の撰定が行われていた時期であったと想定される。養老令の撰定期間と完成したときについても、続紀は記さず、養老六年二月に、正六位上矢集宿禰虫麻呂、従六位下陽胡史真身、従七位上大倭忌寸小東人、従七位下塩屋連吉麻呂、正八位下百済人成の五人は共に「律令を撰びし功」があったとして、田を各四町もしくは五町与えた（続紀・養老六年二月戊戌条）恩賞授与の記事がみえることから養老六年二月二十七日以前の近い時期に養老令の撰進がなされたと推定されよう。これに不比等もかかわっていたが、「養老令」の施行は遅れ、孝謙天皇の時代になって、

勅しておっしゃるには、このごろ人を官職につけるにあたって、格にもとづいて位階を決めている。人々の位が高くなって官職に適さない。今から後は新令を用いなさい。過ぎし養老年中に私の外祖父、故太政大臣が勅を奉じて律令を撰んでいる。しっかり諸役所に告げて施行させなさい。

（『続日本紀』天平宝字元年五月丁卯条）

とみえ、「養老令」撰進の責任者は孝謙天皇の外祖父藤原不比等であり、この事業の完成は実のところ早く養老年間に終わっていたと知られる。しかし、如何なる事情からか、施行に至っていなかったのである。律令と歴史書は天武天皇も平行して進めた事業であり、養老令と紀の編纂も同様の動きとしてなされていたと考えられよう。

これらのことから推し量ると、元明天皇がこのような危惧を抱いたのは、律令の撰定と並んで、ふたたび歴史書の編纂が始まろうとする機運が起こり、天武天皇が危惧し中断した国史編纂と同じ方向で新たな史書の編纂が始まり、天武天皇の行った帝紀および旧辞の削偽定実の成果はなし崩し的に失われ、その天皇統治の意味づけも崩しかねないと考えたからではなかったか。

元明天皇は即位宣命において、文武天皇の即位と自らの後見について、

これは言葉に出すのも畏れ多い近江大津宮に天下をお治めになった大倭根子（天智）天皇が天地とともに永遠に、日月とともに末長く改めるべきでない不変の法としてお立てになり、お示しになった法を承りなさって行いなさることであると、人々は承って、云々。

（続紀・慶雲四年七月十七日）

と、天智天皇の「不改常典」に即したことであるとしている。元明天皇は天智天皇の娘とはいえ、同じく天智天皇の娘でありながら、夫天武天皇とともに父の意向に背く行動をとった持統天皇の庇護のもとで日並皇子の妻となった人物である。姉持統天皇が我が子文武天皇の擁立に心を砕いてくれたことを思い、今は息子文武天皇の皇子、後の聖武天皇となる軽皇子の擁立に、娘元正天皇とともに心を砕く立場に立っていたと想定される。こうしたところに窺えるように、元明天皇は天武・持統天皇の形成した流

れにどっぷりとつかっていて、その流れが崩されることを良しとしなかったとみてよかろう。『養老令』は神祇令践祚条については、浄御原令・大宝令の条文を継承して、神器奉献の条文を守っているので、取り越し苦労の一面もあったのであろうが、紀は天孫降臨については同じく天武天皇が整備したとはいえ、即位式ではなく大嘗祭を反映させた降臨神話を採択して践祚条を支える役割を失っている。さらに、神話には本文の他に多くの異伝を配し、元明天皇の危惧した史書になっているということができるのではないか。

かつまた、記は天皇の徳を及ぼすことを基本に据えた王化の鴻基が意識されていたのに対し、紀は対外意識と大和朝廷の官僚としての自覚とアイデンティティの形成を形成しようとする意識に支えられた歴史書となっている。これは天武天皇の意向とはかならずしも重ならない。元明天皇は官僚達の動きを想定し、機先を制するように、壬申の乱の功臣、多品治の子太朝臣安万侶（勲位は必ずしも戦争とかかわらないが、彼が勲五等を授かっているのは壬申の乱を経験している可能性を窺わせようか）に命じ、天武天皇の勅語の記の文字化を試みさせたと考えられる。これによって天武天皇の目指した王化の鴻基としての勅語の記は、書籍として日の目をみ、後世に伝わることになったのである。

安万侶が序の第二段で記本文の内容と直結しない壬申の乱の叙述を行ったうえで、天武天皇の帝紀・旧辞の削偽定実に言及したのも、これによって天武天皇の意図した歴史書の方向を思いかえさせようとの意識のあったことが窺えるともいえる。

「弘仁私記」は太朝臣安万侶も紀撰進に加わったというが、和銅四年の時点でどうであったか、すでに神代紀の編纂が始まっていたとすると、安万侶もその中に加わり、天孫降臨神話の扱いなどへの批判があり、記にみるように揺るぎのない神話を定着したといえるのではあるまいか。そうして、天武天皇以後も持統天皇によって王化の書として強化された修正部分も勅語の記の方向に叶うものとして取り込みつつ、記を編んだものと考えたい。

2 「ヒイラギの八尋矛」考

辰巳和弘

『古事記』景行段がヤマトタケルを、王権から疎外され彷徨する英雄として活写する点はよく知られる。

クマソタケルやイヅモタケルさらに山の神・河の神また海峡の神を言向け和し、西征から戻ったヤマトタケルに、景行天皇は「東の方十二道の荒ぶる神、また伏はぬ人どもを、言向け和平せ」と、「ヒイラギの八尋矛《やひろほこ》（柊）」を賜い東征を命じた。命を受けたヤマトタケルは伊勢の大御神宮に参り、姨ヤマトヒメに「天皇既に吾を死ねと思ほせか」と思い泣いたという。やがて訪れるタケルの結末（東征の末の死）を暗示させる。

わたしはここに登場する「ヒイラギの八尋矛」について考えを巡らせてみようと思う。東征にあたり天皇から賜った矛。それは古代中国で出征する将軍に与えられた「斧鉞」と同じ意味をもつ。『日本書紀』景行段でも、天皇親征の後の再度の蝦夷討伐にあたり、ヤマトタケルは天皇から「斧鉞」を授けられていることから、両者は総帥たる存在を象徴する尊貴性の高い表徴だったことがわかる。書紀にはほかにも幾つかの「斧鉞」の記述が登場するが、本居宣長は「戎国《カラ》の俗《コト》にこそあれ、皇国には、古も後世にも、斧鉞を用ひたることさらに無し、(中略)皆漢文の飾なるをや」といい、斧鉞を「ホコと訓みて、たゞ桙と心得べし」(『古事記伝』)と断定する。

斧鉞はさておき、『続日本記』大宝二年(七〇二)四月条に秦忌寸広庭が杠谷樹の八尋の桙を献上したとみえる。同書は同年正月条で造宮職が八尋の杠谷樹を献上した(ここでは樹木を献上したようにも理解されるが、四月条と同様に八尋の桙だったとみるべきだろう)ことを述べるくだりで、杠谷樹を「俗に比比良木と曰ふ」と注していて、「ヒイラギの八尋矛」が八世紀に瑞物と認識されていたことがわかる。

矛と杖

『播磨国風土記』逸文にもヒイラギの矛がみえる。

すなわち神功皇后が新羅を討つおりのこと。ニホツヒメが国造に依り憑きくだした託宣のなかに、「比々羅木の八尋桙根底付かぬ国、越売《をとめ》の眉引の国、玉匣かが益す国、苫枕宝ある国、白衾新羅の国」と、新羅を称揚して並べられる諸々のフレーズの冒頭に「ヒヒラギの八尋桙根底付かぬ国」とみえる。八尋の長矛(桙根)をもってしても底つ岩根に届かないほどの広大な国という意。そこに「ヒイラギの八尋矛」が「新羅」となんらかの連環性をもつ器財だったことをうかがわせる。

新羅と矛といえば、『日本書紀』神功摂政前紀が語る新羅征討物語りの後段、新羅王が降伏した後に「皇后の所杖《つ》ける矛を以て、新羅の王の門に樹て、後葉の印としたまふ。故、其の矛、今猶新羅の王の門に樹てり」と、新羅王宮の門に矛が樹てられたとあるくだりが想起される。『古事記』では、同じ場面を「その御杖を新羅の国主の門に衝き立てたまひ」と述べる。

神功皇后が新羅征服の軍勢を統率するにあたり、その表徴となった矛は、杖として皇后を扶け支える器財。それを新羅王宮の門に衝き立てる行為は、すなわち当該の王宮のみならず、新羅の征服を宣言する行為にほかならない。応神朝（記）や垂仁朝（紀）に来朝したとされる、新羅の王子アメノヒボコの名の起縁も新羅王宮の門に立つ矛にあった可能性は無視できない。

なお上述した『播磨国風土記』逸文にみえる新羅を称揚する諸フレーズは、仲哀紀八年九月条にみえる「この国に愈《まさ》りて宝ある国、譬へば処女の睩《まよびき》の如くにして、津に向へる国、眼炎く金・銀・彩色、多に其の国に在り。是を栲衾新羅国と謂ふ」とあるくだりと、皇后が杖にした矛を新羅王宮の門に立てたという神功摂政前紀から編み出されたと思われる。しかも、その冒頭に「ヒイラギの八尋矛」が配当される点に、新羅王宮の門にひときわ長大な矛が立てられていた事実があったと考えられる。門に立つその八尋桙が新羅王の王権を誇示する聖標であったことはいうまでもない。

矛が神や貴人の杖にもなる聖標と認識されたことは、『常陸国風土記』香島郡条が語る香島の天の大神奉祭の伝承中、美麻貴天皇（崇神）の前に顕現した大神を「白細の大御服きまして、白桙の御杖取りまし、識し賜ふ命」と、白桙を杖とする姿に表現する点にもうかがえる。

それだけではない、書紀の天孫降臨章で、国譲りを要求するフツヌシ・タケミカヅチ二神に、オオアナムチは「吾此の矛を以て、卒に功治せること有り。天孫、若し此の矛を用て国を治らば、必ず平安くましましなむ」と「国平けし時に杖けりし広矛」を献上したくだりが想起される。まさに矛は統治権を象徴する聖標であった。

また『出雲国風土記』意宇郡総記条に語られる、いわゆる国引き神話の終盤、国引きまししヤツカミズオミツノが「意宇の社に御杖衝き立てて、『おゑ』と詔りたまひき」という場面には、杖が神の鎮座地の聖標であるとともに、国引きにより縫い合わせ完成させた出雲国の占有を意味する呪具であることを明証している。さらに『播磨国風土記』が穴禾郡条御方里の地名を、伊和大神が形見として御杖を立てたことに起縁するとする語りや、同風土記の揖保郡条でアシハラノシコヲが杖を地に刺したところ、そこから寒泉が湧き出でて南と北に流れくだったという話など、一連の杖立伝承にも同じ心意の発動が看取される。

ヤマトタケルの「ヒイラギの八尋矛」が、その東方巡狩の果て、伊服岐の山神に惑わされ、タギタギしくなった身を杖で支え歩んだという「杖衝坂」の地名機縁譚と結び付く点も忘れてはなるまい。そこにも矛と杖が連環するではないか。

祭政空間に立つ柱

二〇〇五年の早春、ヤマト王権を構成した臣姓氏族の雄、葛城氏の祭政空間とみられる五世紀前半の遺構が姿を現した。極楽寺ヒビキ遺跡（奈良県御所市）である（図1）。

北々東に奈良盆地を見はるかす葛城山地の東麓にのびる一丘陵支脈の先端、海抜二四〇メートル付近に営まれた当該の遺構は、東西約六〇メートル・南北約四〇メートル程度に復元される長方形の平面をなしている。区画の東縁部と北縁部は侵食によって失われてはいるものの、西辺には幅約一〇メートル、南辺にはそれを超える幅の濠が掘削され、南辺の中程には当該区画への参入路である渡り堤が築かれる。

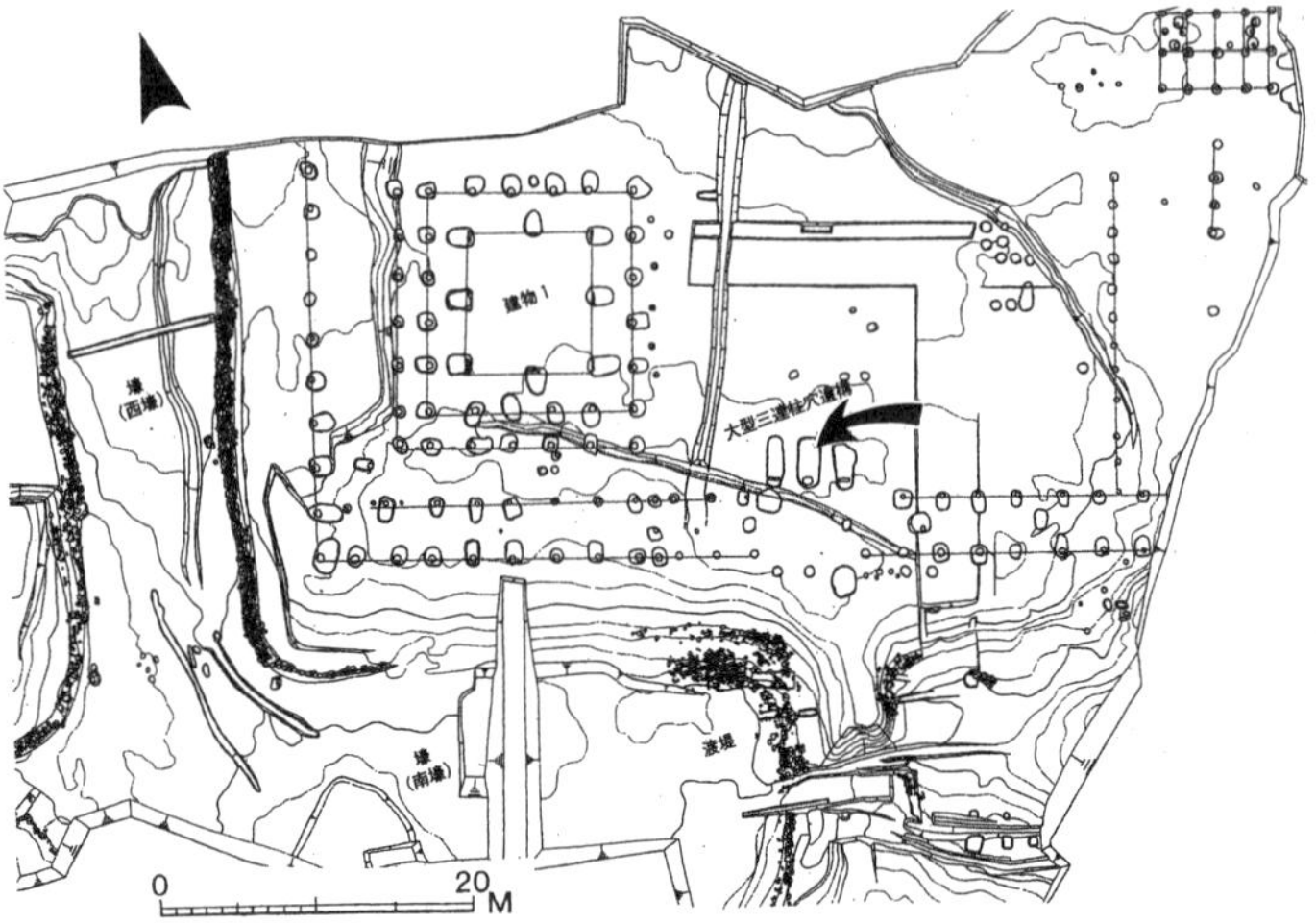

図１　極楽寺ヒビキ遺跡

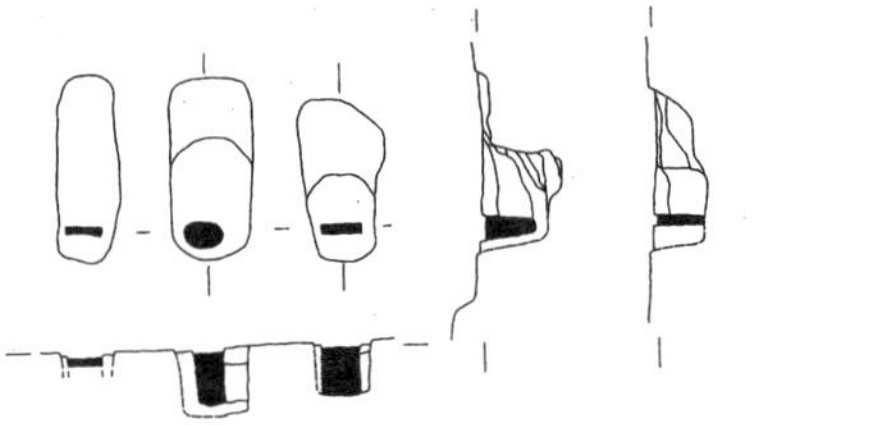

図２　極楽寺ヒビキ遺跡の大柱遺構

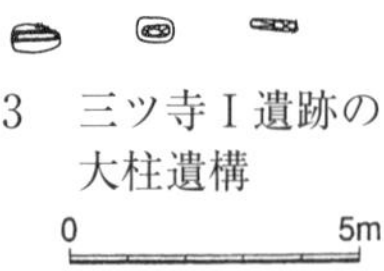

図３　三ツ寺Ⅰ遺跡の大柱遺構

その平面形はさながら巣山古墳（奈良県広陵町）や宝塚一号墳（三重県松阪市）など、中期古墳で明らかになっている造出し遺構のようだ。

　区画の内側はその縁辺に沿って柵を囲繞させ、とくに正面にあたる南辺では柵を二重に巡らせ、その外側列には径約四〇センチの太い柱を立て並べ、濠の斜面に葺かれた貼石とともに区画を荘厳する効果をねらったものと理解される。全長が五〇メートルを超えるこの正面（南辺）の柵は渡り堤につながる部分の約六・五メートルが途切れ、そこが区画へ参入する入口であったことを語っている。

さて四周に柵を巡らせたとみられる当該の区画内の西寄りには、桁行二間・梁間二間・四周に縁を巡らせ、縁を含む総床面積約一七〇平方メートルに復元される高床の大型掘立柱建物が東面して建つ。建物の主柱には長辺六〇~八〇センチ・短辺一〇数センチの分厚い板柱（ごひら角柱）が用いられる。板柱は、大きな柱穴を隅丸長方形に掘り、掘方の一方の短辺に近接して立てられる。柱穴の底は板柱をその位置に滑り落とすためのスロープ（斜路）となるよう、板柱が立つ位置に向かって急傾斜をもって深くなる。板柱がかなりの高さをもつことをうかがわせ、つまるところ当該建物の棟の高さを物語ることとなる。また正面（東側）の軒先には小穴列が等間隔に並び、家屋文鏡（奈良県河合町、佐味田宝塚古墳出土）の図文にみえる、祭儀用高床建物の軒先に掲げた衣笠や幡などの棹を立てた痕跡かと推察される。

大型高床建物の正面、区画内部の中央から東側には二八メートル四方を超える広場が展開する。そこは渡り堤を経て、区画内部へ参入したところに豁然とひらけた空間である。広場は衣笠や幡を飾りたてた大型建物の正面にあたり、大型建物と広場が一体となり、祭政空間として機能したことは明らかだ。私はそこに建つ高床建物を、書紀にいう王権祭儀のための建物、「高殿」とみる。

極楽寺ヒビキ遺跡には、いまひとつ注目すべき遺構がある。渡り堤から祭政空間へ参入した地点に検出されたそれは、南北三メートル前後、東西が一~一・五メートルの隅丸方形平面をなし、約一メートルの間隔をおいて東西に並ぶ三其の巨大な土坑列である。それぞれの土坑内には掘方の南に近接して立てられた柱の痕跡が明瞭に遺存していた。三本の柱は東西に一列に並ぶ。大土坑は柱穴である。報告者はこの遺構を「大型三連柱穴遺構」と名付ける。

三其のうち、真ん中の土坑に立つ大柱は長径七〇センチ・短径四五センチの楕円形断面で、深さ約一メートル分の柱痕跡が土壌に残っていた（遺構が多少の掘平を受けているため、当初の柱穴掘削面が失われているから、柱の埋め込みの深さはそれ以上となる）。また両側の土坑には長辺六〇〜七〇センチ、厚さ一六センチ前後の分厚い板柱（ごひら角柱）が立てられていたことが痕跡に明らかだった。掘削調査が行われた東側土坑で確認された埋め込みの深さは九〇センチを超える。この板柱は高殿の主柱に用いられたそれにほぼ等しいもので、土坑の短辺の一方に近接して板柱を立てるため、土坑の底に斜路を設ける点など、高殿に共通する工法が採られており、当該の土坑に立つ大柱が高殿と並ぶ高さをもっていたことをうかがわせる。

高殿と広場からなる祭政空間の正面入口に聳え立つ三本の大柱は、空間正面を結界する二重の柵列のうち、内側の柵のラインよりさらに〇・九メートル広場内に迫り出した地点に並び立つ点に留意したなら、それが祭政空間を象徴する仕掛けであることが容易に理解される。

聳立する大聖標

くだんの大柱は、いずれも七〇センチの幅を測るが、中央は厚さ四五センチの楕円形断面をもつ丸柱であるのに対して、それを挟んで立つ両側の柱は厚さが一六センチ前後の板柱である。断面形を異にする二種の大聖標が立っていたのである。既上の考察をふまえ、それぞれの大柱の地上部分の形象を、極楽寺ヒビキ遺跡が営まれた古墳時代中期前半とそれに近い考古資料群のなかに渉猟することとしよう。

しかしながら、くだんの大柱の地上部分を類推させるうえで参考となるような大型木製品を既出土資料

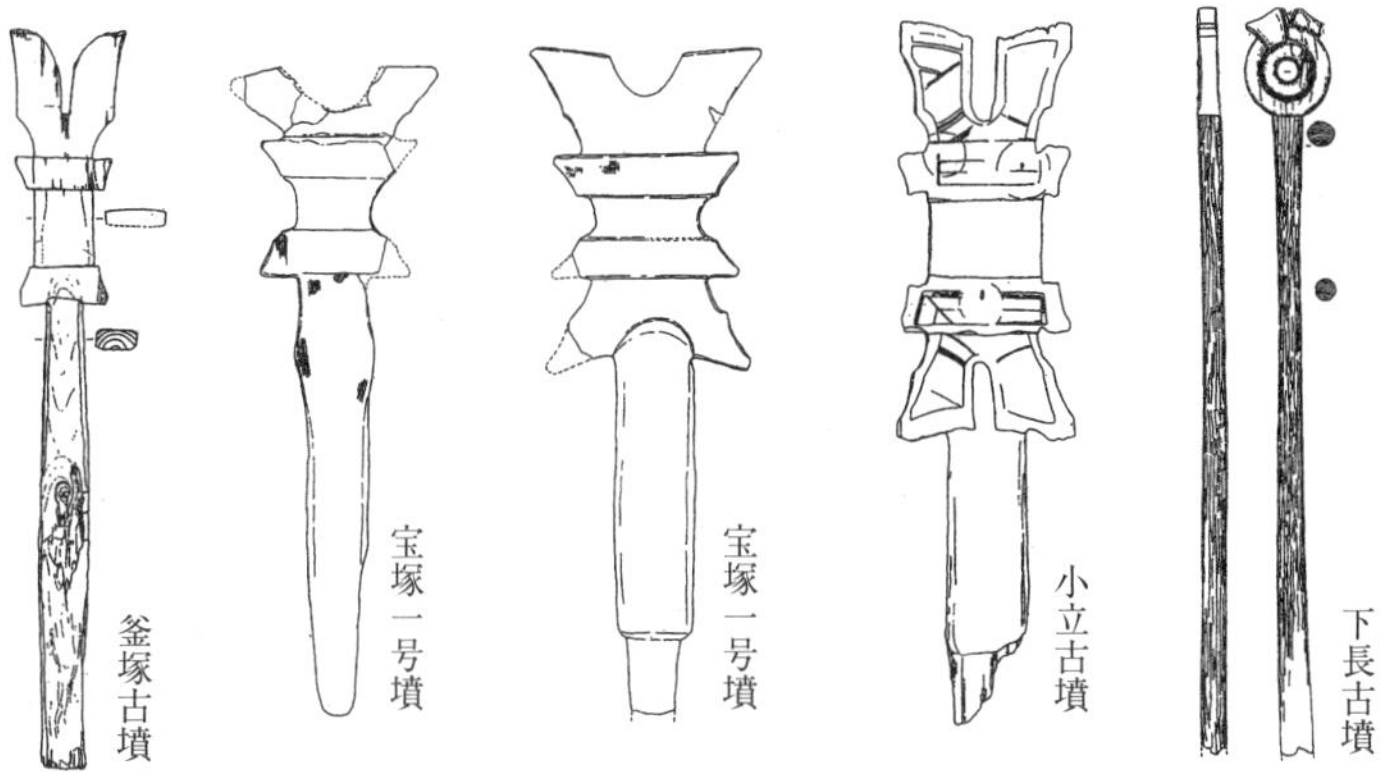

図4　聖標の「かたち」

のなかに見いだすことはできない。おそらく、祭政空間の聖標として、首長を象徴する「かたち」をいっそう大きく造形したものではなかったか。

　かような観点にたてば、大柱の地上部分の「かたち」を連想させる考古資料のいくつかを見いだすことができる。まず両側に立つ板柱から推考される「かたち」には。釜塚古墳（福岡県糸島市）や小立古墳（奈良県桜井市）出土の、いわゆる石見型と呼称される形状の木製立物や、宝塚一号墳（三重県松阪市）出土の船形埴輪の船底に立てられた同形の土製形代二点などを例示できる（図4）。さらに小立古墳出土の大刀形木製品や宝塚一号墳の船形埴輪の甲板に立てられた大刀形土製品なども候補にあげておくべきだろう。

　これらはいずれもその基部が板状に近い矩形に作り出され、なにより貴人を象徴する器財とみなされる「かたち」である。それは被葬者の霊魂を他界へ送る乗り物と観念される船形埴輪の船上に、船体と較べて不釣り合いな大きさで造形された衣笠・大刀などの貴人を象徴する土製形代と並んで立てられていた事実によく象徴される。

石見型とは、奈良県三宅町の石見遺跡の古墳周濠から出土した特異な形状の形象埴輪に与えられた呼称で、土・木・石などを素材に作られ、長い板柱の上に工字形をした体部の上辺や下辺にV字形や逆V字形の突起をもつ形象を表出した姿形を初現とし、やがて板柱表現が退化するとともにV字形突起をもつ工字部分が形象のほぼすべてを占めるようになる。釜塚古墳例や宝塚一号墳例はその「かたち」の初期段階にあたる。一方、石見遺跡出土のそれは工字部の形状がもっとも発達するものの、柱部が退化した段階の埴輪だった。

そもそも石見型は出現の当初から、工字形とその上下にあるV字形の縁端部の随所に刺状の小突起を造り出して装飾化する指向性が著しく、その「かたち」のモデルとなった器財の高度な象徴性がみてとれ、それが首長の聖標のひとつであった可能性をいっそう高くする。その刺状小突起にヒイラギの葉にみられる刺針が観想されたであろう。私は極楽寺ヒビキ遺跡で確認された板柱の聖標を石見型だったとみている。

初現期の石見型のモデルを考えるうえで参考となる資料が、極楽寺ヒビキ遺跡と同じ奈良県御所市の鴨都波一号墳（前期中葉）粘土槨の棺外西側に重なるように副葬されていた二本の鉄槍に装着されていた漆塗り鞘である（図5）。該資料は鞘の木質部が腐朽し、その表面に塗布した黒漆膜の形状とそこに遺存した文様の痕跡から、直弧文の装飾図文を施した石見型の鞘であったことが明らかになった。近時、御所市教育委員会の藤田和尊・木許守両氏の努力によって、その詳細実測図が公開され、筒形をした工字形の鞘の上下辺からV字形の装飾が伸び出るタイプと、工字形の上辺部にだけV字形装飾が付くふた

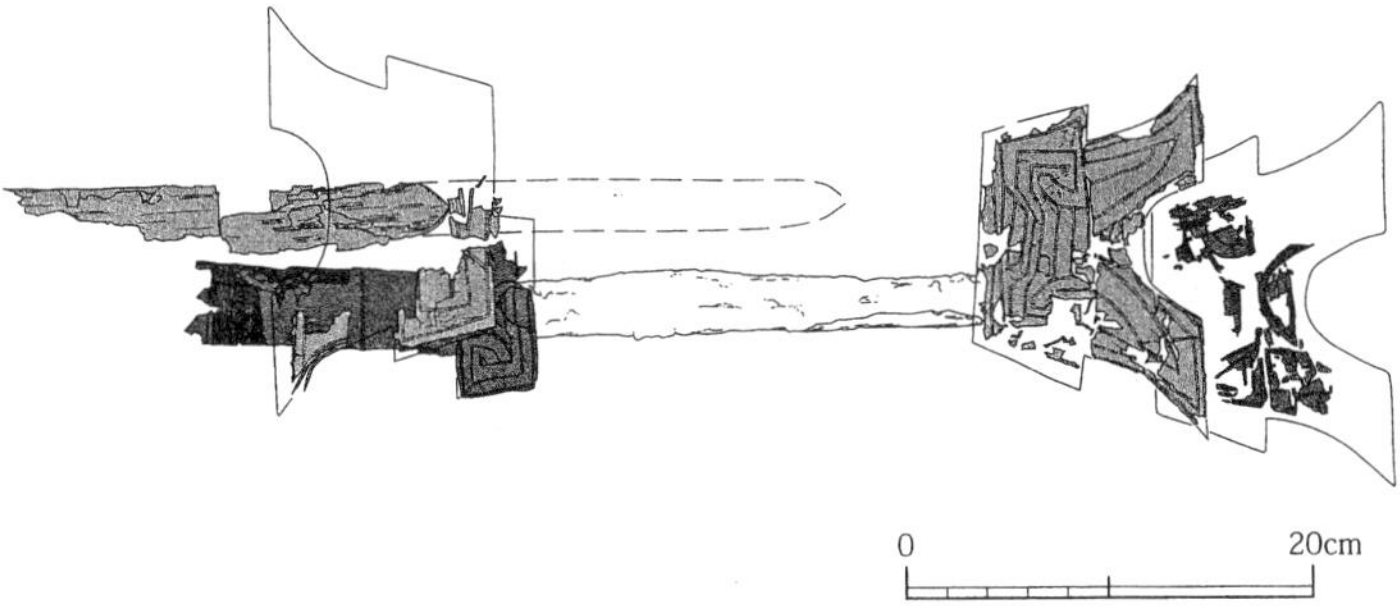

図5　鴨都波一号墳の槍と飾り鞘の出土状態

つのタイプであることが明らかとなった。宝塚一号墳の船形埴輪の船底に立てられた石見型形代でも両タイプの形状があった。

従来明らかになっている槍鞘は、断面が杏仁形をする木製の筒形で、表面を樹皮巻とし、鞘口や鞘尻に黒漆や赤漆を重ね塗った実用的外装をもつ。しかるに鴨都波一号墳例では、鞘の両端（工字形の両辺）を逆台形とし端部が拡がるように造形、そこにV字形装飾をやや外反するように張り出させる。それは釜塚古墳の木製石見型のV字型装飾の形状に繋がる。かような装飾を重視する非実用的な鞘の形状は、それが喪葬儀礼や王権祭儀の場で使用された儀仗用装具として用いられる飾り鞘であったことを示している。そして初期の石見型にみられる下半部の柱状の造形が、槍や鉾の長柄を表出したことを認識させる。

なお古墳時代前期の副葬品のなかに、さきの石見型に極似した儀杖の尖端飾りとみられる小型石製品（琴柱形）があるが、それもまた儀仗の装具（鞘）を付けた長柄武器を聖標とすることに由来する形象と理解される。

さて次に極楽寺ヒビキ遺跡の祭政空間を象徴する三連大柱の中央に立つ、楕円形断面の丸柱について考察を進めたい。それが左右の板柱より厚みをもった大柱である点と、中央に立てられる点において、より高い象徴性をもった聖標であったとみてよい。私は、長柄の上端を円環状やV字形などの形象に作り出した「儀礼や祭祀の場において首長が直接手にすることによって、自らの権威を一般成員（民衆）に知らしめるための杖」（樋上昇「儀杖の系譜」）に比定される儀杖形の木製品や石製品（玉杖）の「かたち」こそがもっともふさわしく、それを大柱に造形したとみる。

既に発掘されている儀杖形木製品のなかには大型品がある。下長遺跡（滋賀県守山市）の古墳時代前期の溝から出土したそれは、長柄の基部が折損しているが、残存長一一七センチを測り、本来は二メートルを超える全長があったと推察されている。柄の先には、中央に直径一四・五センチの二重円環が作り出され、その上には尖端が撥形をして、V字形に立ち上がる突起をもつ、いわゆる組帯文を造形する。柄の断面は丸く、直径四センチ前後である。基部が折損している事実から、何処かに立てられた聖標だったと思われ、極楽寺ヒビキ遺跡におけるくだんの丸柱の形状を推考するうえでの最右翼の資料である。

以上が古代葛城氏の祭政空間の門に立つ杖や矛をデフォルメした巨大な柱列の存在が観想される発掘情報からの考察である。それは記紀が言う、新羅王宮の門に立つ杖の伝承に信憑性を与える。

三ツ寺Ⅰ遺跡の再検討

極楽寺ヒビキ遺跡での祭政空間の門に立つ杖形をしたとみられる巨大な三本の柱は、従来から古墳時代の首長居館の典型例とされてきた三ツ寺Ⅰ遺跡（群馬県高崎市）の景観復元に再検討をせまる。

三ツ寺Ⅰ遺跡は榛名山麓に造営された、一辺約九〇メートル四方の居敷地に幅三〇～四〇メートルの濠をめぐらせた中期後半の大規模な首長居館として知られる。四周を二〜三重に柵をめぐらせた居館内は、さらに柵列によって「ハレの空間」（祭政空間）と「ケの空間」（居住・工房・収蔵などの空間）に二分されることを拙著『高殿の古代学』で提起した。とくに「ハレの空間」は、中心となる大型掘立柱建物での祭儀にかかわる聖水を汲む井戸、居館外から水道橋により導かれた流水を利用した禊祓にかかわる石敷遺構からなり、極楽寺ヒビキ遺跡と同様に、大型建物の正面に一五メートル×二三メートルの広場が展開する。この祭政空間には広場を挟んで大型建物と向かい合う特異な三本の柱穴遺構が一列に並ぶ。

その中央柱穴は大型建物の梁行方向での中心線上に位置し、私はこの三本柱列を、祭政空間の中心にある大型建物と広場を直視することを避ける目隠し塀の遺構とみてきた。しかし極楽寺ヒビキ遺跡の三本柱列を検討したうえで、改めて三ツ寺I遺跡の遺構図を子細に検討すると、両側の柱穴が長辺八〇〜九〇センチで短辺が約五〇センチと約二〇センチからなる矩形を呈し、なかに柱穴の長辺いっぱいの板柱が立てられていた痕跡が明瞭に認められる（図2・3）。一方、中央の柱穴は長径六五センチ・短径約四〇センチの隅丸の矩形で、なかに一辺四〇センチ前後の隅丸柱が立てられていたことが観察される。そのありようは極楽寺ヒビキ遺跡の祭政空間の入口に構えられた三本柱に極似している。しかも復元される三本柱の両端を結んだ距離が、極楽寺ヒビキ遺跡が五・二メートルに対して、三ツ寺I遺跡が約五メートルとほぼ同じ規模を測る点からみて、三ツ寺I遺跡の三本柱遺構も、極楽寺ヒビキ遺跡と同様、巨大な矛や杖を表出した柱が並び立ち、首長の祭政空間を誇示していた可能性が高い。なによりそれは三ツ寺I遺跡の経営者が畿内の有力豪族の祭政空間を象徴する「かたち」に精通していたことを物語っていて、彼我の関連性を新しい視点から検討する可能性を生み出すこととなる。

ヒイラギの八尋矛とは

極楽寺ヒビキ遺跡や三ツ寺I遺跡の発掘成果から、古墳時代首長の祭政空間の門口に杖や矛を形象する巨大な柱が立てられていたことが明らかになった。それは既述した「皇后の所杖ける矛を以て、新羅の王の門に樹て、後葉の印としたまふ。故、其の矛、今猶新羅の王の門に樹てり」という神功摂政前紀の記述からもうかがえる。記紀や風土記が語るさまざまな場面での杖（矛）立の呪的行為が、貴人による該地の占有を意味する点は上述した。

ヤマトタケルが景行天皇から東征将軍の証しとして「ヒイラギの八尋矛」を賜ったという『古事記』の記述は冒頭で述べた。また『播磨国風土記』逸文でも、記紀の言う、神功皇后が杖とした矛を新羅王宮の門に衝き立てたという説話を下敷きに、新羅を「ヒイラギの八尋矛根底付かぬ国」と称揚する。どうやら「ヒイラギの八尋矛」が聖標としての矛を褒めるいいであったらしい。

さて「ヒイラギの八尋矛」という名は、貴人が帯びる杖（矛）の素材となった樹種がヒイラギであったことを指すのだろうか。木目が密で堅いヒイラギだが、考古資料を渉猟しても、ヒイラギ材の製品を見いだすことはほとんどない。ヒイラギがもつ邪気を払う霊力の源が、葉の縁の刺針に由来することは周知のこと。それの与える疼《ひいら》ぎに霊力が看取されたわけだ。ならば「ヒイラギの八尋矛」の名称は、ヒイラギの葉のように、幾つもの刺針を表出した「かたち」にあると考えるのが至当だろう。三浦佑之氏は、「ヒイラギの葉に似たトゲが出ている矛」と理解し、石上神宮に蔵される国宝「七支刀」のような形状を想定する。おおいに傾聴するべき見解である。私はその可能性を留保しつつ、巨大な矛（杖）形の柱を門に立てた極楽寺ヒビキ遺跡や三ツ寺Ⅰ遺跡の事例と、記紀等にみる神功皇后の杖立説話をあわせ考え、そこに石見型の飾り鞘を装着した長大な柄をもった矛を「ヒイラギの八尋矛」と想定したいのである。さらに、四条一号墳（奈良県橿原市）出土の、狭長な板の上部をV字形の角状に削り出し、両端に幾つもの刺状の突起を並べた、儀杖形木製品も候補として無視できない。

迂遠な考察を重ねてきた。いずれ文字通りのヒイラギの葉の形状を写した矛先をもつ儀杖が出土することもあろう。いましばらく類例の出土を待ちたい。

【主要関連文献】

辰巳和弘『高殿の古代学—豪族の居館と王権祭儀』白水社、一九九〇年
橋爪浅子「木製立物の基礎的研究」『古事』第八号、天理大学考古学・民俗学研究室、二〇〇四年
樋上　昇「儀杖の系譜」『考古学研究』第五二巻四号、二〇〇六年
藤田和尊・木許　守「鐙とその表象品」『勝部明生先生喜寿記念論文集』二〇一一年
三浦佑之『口語訳古事記』文藝春秋、二〇〇二年
三品彰英『日本書紀朝鮮関係記事考証』上巻、吉川弘文館、一九六二年
吉田野々「石見型の樹立物の原形について」『龍谷大学考古学論集』Ⅰ、二〇〇五年
群馬県埋蔵文化財調査事業団『三ツ寺Ⅰ遺跡』一九八八年
奈良県立橿原考古学研究所『極楽寺ヒビキ遺跡』二〇〇七年

【付記】本論の一部に、さきに発表した拙論「門に立つ杖」(『日本基層文化論叢』雄山閣、二〇一〇年)を改稿して収載しています。

3　この御酒は我が御酒ならず——古代酒宴歌の本願——

上野　誠

『古事記』や『日本書紀』の歌を理解する場合、二つの理解法があるように思う。(1) 一つは、その歌が前後の文脈において、どういう役割を果たしているのかということを観察して理解する方法である。なぜならば、なぜこの歌が、こういうかたちで、この箇所に収められているのか、わからないからである。もう一つの見方は、その歌が、実際に声に出して歌われたであろう場で、どのように機能したかを探って、歌を理解する方法である。前者は、歌の文脈論的理解法であり、後者は歌の場における機能論的理解法と断ずることができよう。研究者のなかには、後者の理解法は結局のところ、研究者が場を設定することになるので、常に恣意《しい》的解釈が介在してしまうから、方法論として成り立たないと考える研究者もいる。いや、大多数の研究者は、そう考えている。

ならば、私の考え方は、どうか。私は、場における機能論的理解法も、あながち不当な理解法とは考えない。それは、記紀の編纂者が、歌の伝え手や、曲調や歌唱法を表すとみられる「振《ふり》」を伝えている個所もあり、想定していたと思われる読者に、歌の伝え手や声に出して歌われていた場、さらには歌い方を示そうとしている箇所もあるからである（これらの情報は、物語の展開には不要のはず）。と同時に、歌というものは、その類型表現を踏襲するものであるから、記紀成立前後の時代においては、読者は歌の類型から声に出して歌われていた場を思い浮かべることが可能であった、と思われる。したがって、私は、今日の研究状況においては、異端といえるほどの少数派となってしまうのだが、場における機能論的理解法を重視する立場を堅持したい、と思う。もちろん、かといって、もとより文脈論的理解を軽視するつもりもない。私は、この二つの理解法を重ね合わせることで、見えてくるものがある、と今も考えている。

以上の立場から、拙い考察ながら、宴《うたげ》に関わる歌のうちで、酒について歌われている歌について、考察を試みたい。

一　酒楽之歌をどう読むか

『古事記』の酒楽之歌

『古事記』中巻の仲哀天皇の条に、息長帯日売命《おきながたらしひめのみこと》すなわち神功皇后《じんぐうこうごう》と、品陀和気命《ほむだわけのみこと》すなわち応神天皇との酒をめぐるやりとりの歌が収められている。ただし、品陀和気命の歌は、建内宿禰命《たけうちのすくねのみこと》が代わって歌っているのである。書き下し文と訳文を掲げておこう。

是《ここ》に、還《かへ》り上《のぼ》り坐《ま》しし時に、其の御祖息長帯日売命《みおやおきながたらしひめのみこと》、待酒《まちざけ》を醸《か》みて献《たてまつ》りたりき。爾《しか》くして、其

の御祖の御歌に曰《い》はく、

この御酒《みき》は　我が御酒ならず　酒《くし》の司《かみ》　常世《とこよ》に坐《いま》す　石《いは》立たす　少御神《すくなみかみ》の　神寿《かむほ》き　寿《ほ》き狂《くるほ》し　豊寿《とよほ》き　寿《ほ》き廻《もとほ》し　奉《まつ》り来し御酒《みき》ぞ　止《あ》さず飲《を》せ　ささ

かく歌ひて、大御酒《おほみき》を献《たてまつ》りき。爾くして、建内宿禰命《たけうちのすくねのみこと》、御子《みこ》の為《ため》に答へて、歌ひて曰はく、

この御酒を　醸《か》みけむ人は　その鼓《つづみ》　臼《うす》に立てて　歌ひつつ　醸《か》みけれかも　舞《ま》ひつつ　醸《か》みけれかも　この御酒の　御酒の　あやに甚楽《うただの》し　ささ

此《これ》は、酒楽《さかくら》の歌ぞ。

（『古事記』中巻、仲哀天皇条、山口佳紀、神野志隆光校注・訳『古事記（新編日本古典文学全集）』小学館、一九九七年。一部、私意により改めたところがある）

〈現代語訳〉

そこで、御子様が大和に帰っていらっしゃいました時に、その母君様、すなわち息長帯《おきながたらし》日売命《ひめのみこと》（＝神功皇后）は、待ち酒を造って御子様（＝品陀和気命）に献上申し上げました。そうして、その母君様が、お歌いになっておっしゃることには、

この御酒《みき》は、私が醸《かも》した御酒などではございませぬ。御酒のことをつかさどる長、常世にいらっしゃいまして、岩のごとくに神として立っていらっしゃる少御神《すくなみかみ》様が――神として、永遠なる神として――ことほぎのために、ことほぎの舞に狂して醸し、ことほぎのためにと踊りまわって……醸して、献上してきた御酒なのですぞ。一気にお飲みくださいましな。さあ、さあ、どうぞ、どうぞ。

このようにお歌いになりまして、御酒をお勧めしたのであります。そこで、建内宿禰命《たけうちのすくねのみこと》が、御子様の代りに答えて、歌っていうことには、

この御酒を醸したという御仁はね、その鼓を臼のように立てて、歌いながら醸したからなのか、舞いつつ醸したからなのかね——この御酒は、この御酒は言いようもないほど——飲むほどに楽しくなる御酒になっているのでございます。さあさあ（楽しく、飲みましょう）。

（筆者訳）

この二首は、酒楽《さかくら》の歌ということです。

角鹿《つのが》（越前の敦賀）から帰って来る太子《おおみこ》を待っていた息長帯日売命は、待酒《まちざけ》を醸したとある。「待酒」とは、人を待って造る酒をいうが、実際には客人や旅びとがやって来る日を逆算して、造った酒のことである。(2) したがって、ここでは、帰って来る太子のために酒が造られたのである。当然、帰って来れば、酒盛りとなり、御酒が、太子に対して献上されることになる。息長帯日売命は、自分で造った酒などではない、少御神《すくなみかみ》すなわち常世に渡った少名毘古那神《すくなびこなのかみ》が、酒を飲む人を祝福せんがために踊り狂って造った酒だから、さぁ、一気にお飲みなさいと酒を勧める。少名毘古那神は、大国主とともに国作りをした神とされるから、その酒は霊威ある酒ということになろう。しかも、永遠の理想郷とされる常世で、神が踊りながら造ったというのである。

ではなぜ、踊りながら酒を造ったのか。それは、踊り狂って酒を造れば、祝福の意が込められ、霊威あるすばらしい酒が出来るという考え方が背後にあることは間違いない。ここでいう霊威とは、呪的な力を持っているということである。つまり、久しぶりに帰った太子をもてなす酒は、普通の酒ではよく

ないのである。その霊威ある酒を飲んだ太子は、当然、感謝の意を伝える必要があるが、仁徳天皇の時代に至るまで、歴代の天皇、皇后の輔弼をした建内宿禰が代わって答える。

その内容は、酒を勧める歌を踏まえて、酒を醸した人は、鼓ではやし立てて、歌を歌って、舞を踊って造った酒だからか、飲めば飲むほどに楽しくなります、と歌い返すのである。御酒をいただいて楽しくなりましたというのは、酒を勧めてくれた人に対する最高の感謝の言葉である。原文に「酒楽之歌」とあるのをどう訓ずるかは、諸説あって難しいところだが、本稿では「さかくらのうた」と訓む説に従い、酒の座すなわち宴の場の歌と仮に解釈しておこう。(3)とすれば、「酒楽之歌」なる表記は、歌の中にある神の造りたもうたすばらしい酒を飲むことで、楽しくなるという部分と呼応しているのであろう。

臼に立てて鼓を打つとは

なお、「臼に立てて」の解釈も、難しいところである。私は、日ごろは横にして一人の打ち手が右手か左手のどちらかの手で打つ鼓を、臼のように縦に置くという土橋寛説で解釈しておきたい〔土橋 一九八八九年、初版一九七二年および一九九三年、初版一九七六年年〕。というのは、鼓を縦に置くと、両手で打ったり、さらには複数の打ち手が自由に打つことも可能になるからである。なおかつ三六〇度どこからでも打つことができる。つまり、複数の人間が踊りながら打つために、日常の鼓の使用法とは異なる特別な使い方をしている光景を歌い込んでいるのだと解釈すべきであろう。そうすれば、鼓を多くの人が連打しながら、踊ることができる。したがって、鼓を臼のように縦に据えて打つというのは、乱舞のための鼓の使用法だと思われる。もし、これが唾液の酵素で発酵を促す口噛み酒なら、ある時は口に酒米を入れて噛み、ある時は歌って、その酒米を吐き出しながら酒を醸したことになる。つまり、造り手も、楽しく造ったがゆえに、醸し出した酒も、それを飲めば楽しくなるというところが重要なのである。

謙遜と感謝の歌表現

さて、息長帯日売命の酒を勧める歌と、建内宿禰が太子の心を代弁した酒に感謝する歌は、対立構造になっている。酒を勧める歌では、この酒は自分が造ったのではない、少御神の酒だと歌う。ところが、酒に感謝する歌では、「醸みけむ人」とあって、人が造ったとされている。この点について、きわめて魅力的かつ説得的な解説をしているのは、服部旦であろう。服部は、酒を醸造した者が酒を勧める場合には、神の造りたもうた酒といい、酒を勧められた側が、人の造った酒だというのは、造り手は酒の霊威を強調し、饗応を受ける側は、造り手の苦労を称賛するためだとしている〔服部　一九七七年〕。私は、服部の説を発展させて、こう考える。地の文に、「待酒」とあるのだから、それが角鹿から帰って来る太子のために、息長帯日売命が造ったこと、ないしは酒造りを命じたことは明白なのであり、明白であることを前提に、これは私が醸した酒ではないと言うところに意味があるのではないか。こういった表現法を用いれば、御酒のすばらしさを強調しても、自らの労苦を誇って相手に謝辞を強要することにはならない。対して、饗応される側は、造り手の労苦を強調し、御酒のすばらしさを讃えれば、感謝の意を表することができる。つまり、そんなにご謙遜をなされましても、あなたが私にしてくれた酒造りのご苦労は、わかっていますよ、という阿吽《あうん》の呼吸があるのである。

仲哀天皇条の末尾に置かれた話

以上のように、二つの歌を概観した上で、これらの歌々の『古事記』の文脈上の意味について述べておきたい。この段は、中巻の仲哀天皇条の最後に置かれており、このあとには、

凡《おほよ》そ、帯中津日子天皇《たらしなかつひこのすめらみこと》の御年《みとし》は、伍拾弐歳《いとせあまりふたとせ》ぞ〔壬戌年《みずのえいぬのとし》の六月《みなづき》の十一日《とをかあまりひとひ》に崩《さ》りましき〕。御陵《みはか》は、河内《かふち》の恵賀《ゑが》の長江《ながえ》に在《あ》り〔皇后《おほきさき》は、御年一百歳《ももとせ》にして崩《さ》りましき。狭城《さき》の楯列陵《たたなみのみささぎ》に葬《はぶ》りき〕。

(『古事記』中巻、仲哀天皇条、山口佳紀、神野志隆光校注・訳『古事記(新編日本古典文学全集)』小学館、一九九七年。一部、私意により改めたところがある)

〈現代語訳〉

凡そ、数え上げてみれば、帯中津日子天皇(=仲哀天皇)の享年は五十二歳ということになります〔壬戌の年の六月の十一日に崩御されたのだから〕。その御陵は、河内の恵賀の長江にあります〔皇后は、享年百歳にて崩御あそばされました。皇后は狭城の楯列陵に葬られていらっしゃいます〕。

(筆者訳)

と続く。すなわち、いわゆる帝紀部分で、天皇の年齢である宝算、崩御の年月日、御陵記事、息長帯日売命すなわち神功皇后の宝算と陵墓記事と続くのである。対して、その前はどうなっているかというと、太子と気比大神《けひのおほかみ》との名前を交換する話が置かれている。

名前を取り替える物語

内容を要約すると、次のような話となっている。建内宿禰命が、太子《おほみこ》と連れ立って、禊をしようとして、近江と若狭の国を経めぐった時のこと。越前の敦賀に至って仮宮を造った。太子は、敦賀に建てられた仮宮に宿泊されることになった。

その夜のこと、敦賀の地の神である伊奢沙和気大神之命《いざさわけのおおかみのみこと》が、夜の夢にあらわれてこういった。「私の名と御子の御名を取り替えよう」と。これを気分よく受け入れた太子は、「恐れ多く、ありがたいことです。仰せのままに名を替えよう」というと、神は「明日の朝、浜においでください。名前を替えたお礼に贈り物を献上しよう」といった。そこで翌朝に、浜にゆくと、鼻の傷ついたイルカが浦一面を埋め尽くしていた。一面のイルカを見た御子は、使者を通じて神にこういった。「大神は私に食料の魚をくださったのですね」と。そこで、また神の御名をたたえて、御食津大神《みけつおおかみ》と名付けたのである。「御食津」とは、尊き食物という意味である。これが、今日にいう気比大神という名の起りである。続いて、この物語は、「角鹿《つのが》」の地名起源説明伝承で結ばれている。それは、この時のイルカの鼻の血は、たいそう臭かった。それで、かの浦を名づけて血浦《ちぬら》というようになった。こうして、今の都奴賀《つぬが》（＝角鹿＝敦賀）という地名が起った、という話になっている。

つまり、神から夢のお告げによって、啓示を受け、神に名を与え、神から名が与えられ、その礼として食物となるイルカを贈られたのちに、大和に帰還する息子である太子を、母が迎えて、酒を献上するという話は、ひと繋がりなのである。

建内宿禰が感謝の歌を品陀和気命に代わって歌う理由

神との名替えの前との文脈のなかで、二つの歌を理解すべきことを明確に説いたのは猿田正祝である〔猿田　一九九二年〕。猿田は、名替えの話を太子の成人を象徴する物語とする説を捉え、その祝意を込めた酒の献上とみる。その上で、猿田は、『古事記』は、酒楽之歌の段では「皇太后→太子」ではなく、「御祖《みおや》→御子」と記すことで、息長帯日売命と品陀和気命が母子関係にあることを文脈上明示しようとしていることを指摘した。以上の考察は、まことに説得力のある考察である。さらに、猿田は、母の酒を勧める歌に対して、建内宿禰が息子に代わって答える理由を、次のように説く。記紀の酒を献上する歌は、例外なく女性が男性に酒を献上するとなっている。その場合、例外なくその女性が、男性に帰順して、男のものとなる、すなわち結婚することになるので、母の酒を勧める歌に、息子が答えてしまうと、母子相姦を暗示させてしまう。だから、代わって建内宿禰が答えたのだ、と説いている。猿田の理解は、酒を献上する歌の伝えの類型から考えれば、説得力の高い結論であるといえよう。

大后・太子・忠臣の和楽

しかし、私はあえて別案別解を示したい、と思う。気比大神との名前の交換は、成人儀礼を象徴するかどうかは別として、この太子が天皇として即位するに相応しい神性を持ち、尊崇されるべき存在であることを示している、と思う。ここまでの理解について、猿田の理解に異存はない。ただ、私は建内宿禰が品陀和気命に代わって答える点に、むしろ積極的意義を見出したい、と思うのである。というのは、建内宿禰は、歴代の天皇、皇后を輔弼する有力な忠臣である。つまり、この段は、神の啓示を正しく認識するができず、不幸な死を遂げた仲哀天皇に代わって、渡海して新羅を征することに成功した息長帯日売命。天皇崩御後にいわくつきの出生をした品陀和気命（しかし、命は、尊崇されるべき神性を持っている）。そして、その二人を支えた偉大なる輔弼者・建内宿禰。この三者の関係を表象しているのではなかろうか。神との名替えの成功が、品陀和気命の神性と正統性を保証する物語として機能しているのであれば、その名替えの話を踏まえて、酒楽之歌の段は、母の祝福を受け、輔弼の任にあたる立派な臣下を持った品陀和気命の即位を期待させるように書かれているのである。だから、仲哀天皇条の最後に置かれているのではないか。ために、この酒楽之歌をもって、仲哀天皇条は終わり、帝紀部分となるのである。そうして、時代は、応神天皇の御代に移ってゆくことになるのである。つまり、酒を勧める歌と酒に感謝する歌は、大后・太子・輔弼の臣の和楽を示し、偉大なる次期天皇の即位を想起させる役割を担っているのである。以上のように考えてゆくと、建内宿禰が、前段において近江・若狭への太子巡行の案内役を務める意味も、おのずから氷解しよう。

二　『日本書紀』の伝えと歌い継がれた酒楽之歌

記紀の相違

『古事記』の酒楽之歌の段についていえば、『日本書紀』との相違は、そう大きくはない。しかし、当然、差異はある。いうまでもないことだが、紀の巻第九は、歴代の天皇と同様に神功皇后について一代紀を立てている。したがって、当該の二つの歌は、紀においては、神功皇后紀ともいうべき巻第九に収められている。編年体をとる紀では、神功皇后摂政十三年条に、次のように記されている。

　十三年の春二月の丁巳《ていし》の朔《つきたち》にして甲子《かふし》。武内宿禰《たけうちのすくね》に命《みことおほ》せて、太子《ひつぎのみこ》に従《したが》ひて角鹿《つぬが》の笥飯大神《けひのおほかみ》を拝《をろが》みまつらしむ。

　癸酉《きいう》に、太子、角鹿より至《かへりいた》りたまふ。是の日に、皇太后《おほきさき》、太子に大殿《おほとの》に宴《とよのあかり》したまふ。皇太后、觴《みさかづき》を挙げて太子に寿《さかほかひ》したまひ、因《よ》りて歌《みうたよみ》して曰《のたま》はく、

　この御酒《みき》は　我《わ》が御酒ならず　神酒《くし》の司《かみ》　常世《とこよ》に坐《いま》す　石《いは》立たす　少御神《すくなみかみ》の　豊寿《とよほ》き　寿《ほ》き廻《もと》ほし　神寿《かむほ》き　寿《ほ》き狂《くる》ほし　奉《まつ》り来《こ》し　御酒そ　止《あ》さず飲《を》せ　ささ

とのたまふ。武内宿禰、太子の為《みため》に答歌《かへしうた》して曰《まを》さく、

　この御酒を　醸《か》みけむ人は　その鼓《つづみ》　臼《うす》に立てて　歌ひつつ　醸《か》みけめかも　この御酒の　あやに　甚楽《うただの》し　ささ

とまをす。

（『日本書紀』巻第九、神功皇后摂政十三年二月条、小島憲之他校注・訳『日本書紀①（新編日本古典文学全集）』小学館、一九九四年。一部、私意により改めたところがある）

まず、注目したいのは、紀は太子の角鹿の笥飯大神（＝気比大神）への参拝とのみ記しており、名替えの物語は紀にはないことである。また、紀は、皇太后が武内宿禰（＝建内宿禰）に命じて、参拝をさせたとあり、とり立てて母子関係は強調されない。それは、皇太后と太子という政治身分的関係だけを

端的に記そうとしているからである。それもそのはずで、摂政三年条に、

三年の春正月の丙戌《へいしゆつ》の朔にして戊子《ぼじ》。誉田別皇子《ほむたわけのみこ》を立てて皇太子《ひつぎのみこ》としたまふ。因《よ》りて磐余《いはれ》に都をつくりたまふ。〔是《こ》を若桜宮《わかさくらのみや》と謂《い》ふ。〕

（『日本書紀』巻第九、神功皇后摂政三年正月条、小島憲之他校注・訳『日本書紀①（新編日本古典文学全集）』小学館、一九九四年。一部、私意により改めたところがある）

とあって、皇太子の立太子記事が前段にあり、若桜宮の造営記事が置かれているのである。立太子をし、新宮を造営した誉田別皇子（＝品陀和気命）は、すでに統治者としての資格を有していることになる。紀は記のように、名替え物語で、品陀和気命の即位に相応しい神性を語る必要など、もとからないのである。当然、立太子し、居所となる若桜宮を構えているわけだから、宴席の場所も大殿と明示されることになる。すなわち、若桜宮の大殿である。この宴の場の設定こそが紀の誉田別皇子の政治的立場を示しているのである。紀は、以上のような舞台設定のなかで、皇太后・太子と輔弼の忠臣との宴の姿を描くのである。

しかし、他の所伝と比べてみると、当該の歌の差異は、少ないものといえよう。あえて、暴論の誹《そし》りを受けることを覚悟して、臆説を述ぶれば、二つの歌は、記紀のそれぞれの文脈のなかに移植されているために、その伝えに多少の差異はあっても、ほぼ同一と見てよく、記紀が、辿ってゆけば共通する文献資料を利用したか、ないしは共通する口頭の伝承を踏まえていると、考えてよいのではなかろうか。

歌い継がれる酒楽之歌

記紀に、ほぼ共通する所伝を持つ二つの歌は、平安時代となっても、実際に歌われていたようである。それは、『琴歌譜』によってわかる。『琴歌譜』の「琴歌」とは、読んで字のごとく、琴を伴奏として歌う歌ないし、歌う行為をいう。『琴歌譜』は、その歌い方を教えるための教習用テキストである。ちなみに、この琴は、和琴である。編者も成立年代も未詳であるが、節会における大歌の奏上を目的として編纂されたことは間違いなく、そうであるならば、大歌所が設置される大同四年（八〇九）以後、およそ弘仁初年ころには、その原本が成立していた、とみてよい。つまり、西暦八一〇年前後には成立していただろう。とすれば、『琴歌譜』は、記紀成立後百年あまりの年を経て、歌が歌われていた証左ともなり得る。この平安初期に成立したと想定される『琴歌譜』には、当該の二つの歌のほかに、三例が記紀の歌と小異はあるものの重複している。記紀の歌のなかには、平安期にまで歌い継がれた歌があったのだ。

貞観十三、四年（八七一―八七二）ころの『儀式』によると、正月元旦、同七日、同十六日、十一月の新嘗祭において大歌が奏上される決まりとなっていた。取り上げた二つの歌について見ると、「十六日節坐歌二」と記されているので、毎年の正月十六日の節会、すなわち宮廷で行われる節日の宴の席において歌われていたようである。一連の正月行事の締め括りの宴で歌われたのであろう。そして、琴歌の歌い方を記した譜詞の後に、「縁記」として、次の注記を見出すことができる。書き下し文の拙案を示すと、磐余稚桜宮に御宇《あめのしたしらし》めしき息長足日咩の天皇の世《みよ》に、武内宿禰に命じて、品陀皇子に従ひて、角鹿の笥飯大神を拝《おろが》みたてまつりき。角鹿より至りて、足日咩皇太后、太子と大殿に宴しましき。皇太后、觴《さかづき》を挙げ、以ちて太子を寿ぎましき。因りて歌ひき。（原文は漢文表記）

（土橋寛・小西甚一校注『古代歌謡集（日本古典文学大系3）』岩波書店、一九六七年、初版一九五七年を参考として作成した書き下し文の拙案）

となる。「縁記」は、この歌が、なぜ正月十六日に歌われるのか、その由来を記すものである。その目的のために、『日本書紀』をほぼ抄出するかたちで、「因りて歌ひき」と記しているのである。食物の神たる笥飯大神に参拝し、大殿において皇太后が酒杯を上げて、太子を寿いだことにちなんで、正月十六日に歌われていたのである。皇太后が皇子のいやさかを祈った歌であったということが、歌われる理由としては大切な情報だったのだろう。めでたい歌であるから、正月行事の節目にあたる十六日に、聖上のいやさかを寿ぐ意味を込めて、歌われたと考えてよいだろう。ちなみに、譜詞には、実際に歌われる際に反復されるところや、囃し言葉が入っており、歌唱法の復元はできないまでも、平安初期の歌唱法を考える手掛かりとなる資料である。「しや」「むしや」などは、この歌について確認できる囃し言葉である。

以上のように、記紀の所伝の差異が比較的小さく、かつ少なくとも平安初期まで歌い継がれていたことを勘案するならば、酒楽之歌は、人口に膾炙して、よく知られていた歌であった可能性も高い、と思われる。

勧酒歌・謝酒歌・立ち歌・送り歌

縷々述べてきたように、息長帯日売命の酒を勧める歌と、品陀和気命の感謝を述べる歌が、平安初期の宮廷においても歌われていたのである。こういった歌々を、「宮廷歌謡」なる分析用語で捉え直し、「宮廷歌謡」の下位分類に「酒宴歌謡」という分類項目を立てて考察した学者に土橋寛がいる（土橋一九八〇年、初版一九六八年）。じつは、その「酒宴歌謡」の典型例とされるのが、当該歌二首なのである。土橋は、自らが酒宴歌謡と呼ぶ歌を「勧酒歌」⇔「謝酒歌」と、「立ち歌」⇔「送り歌」と四つに分類したのであった。主人が酒を客人に勧め、客人は酒を飲んで感謝の意を表す。そうして、宴の終盤には、客人が辞去にあたって歌う立ち歌があり、それを主人が送る送り歌があると土橋は考えたのであった。土橋は、酒宴歌謡にこういった類型が存在するのは、宴そのものに開宴から終宴までに踏むべきしきたりのごときものがあり、それがいわば宴の型となっていたからだ、と推定したのであった。だから、酒宴歌謡にも、類型表現があると考えたのである。

したがって、土橋は、記紀の酒宴歌謡も、もともとは宴の席で歌われていたものであり、それが宴での歌われ方をある程度反映するかたちで、記紀の文脈のなかに取り入れられたとみているのである。

土橋学説の展開

さて、縷々述べてきた土橋の酒宴歌の分類には、宴席における座興歌謡の分類はないのである。このいわば創作歌披露や宴芸にあたる部分の歌の分類をした研究者がいる。森淳司は、万葉の宴席歌を分析して、次のような分類を試みた。

1　開宴歌（主客の挨拶）参上歌、歓迎歌

2　称讃歌　A　主客祝福

　　　　　B　盛宴称賛

3　課題歌（題詠、属目詠など）

4　状況歌（依興詠、古歌披露など）

5　終宴歌（主客の挨拶）退席歌、引留歌・総収歌など

〔森　一九八五年〕

これは、土橋の分類を万葉歌に即して分類したもので、主に天平期の貴族の歌宴の歌の分析から導き出された分類法と考えてよい。古歌を踏まえつつ、自らの思いを述べる創作歌の宴の実態をよく捉えた分類である。

一方、歌謡研究の立場から、儀礼的意味合いの強い開宴部から、気を弛めて楽しむ座興部、そしてふたたび儀礼的意味合いの強い閉宴部への流れを見据えた歌の分類を行った研究者がいる。真鍋昌弘である〔真鍋　二〇〇三年〕。広く歌謡を見渡した真鍋の分類は、過不足がなく見事というほかはない。やはり、歌の場の考察を抜きに、歌が本願とするところは探り得ないのではないか。

酒宴歌謡の図式〔真鍋　二〇〇三年〕

崇神紀の三輪の殿の宴の歌

土橋が、息長帯日売命の歌とともに、勧酒歌の類型を踏まえるものとしたのが、同じく「この神酒は我が神酒ならず」からはじまる崇神紀の次の歌である。

八年の夏四月の庚子《かうし》の朔《つきたち》にして乙卯《いつばう》。高橋邑《たかはしのむら》の人活日《いくひ》を以ちて大神《おほみわ》の掌酒《さかびと》とす。〔掌酒、此《ここ》には佐介弭苔《さかびと》と云ふ。〕

冬十二月の丙申《へいしん》の朔にして乙卯。天皇、大田田根子を以ちて大神《おほみわ》を祭らしめたまふ。是《こ》の日に、活日自ら神酒《みき》を挙《ささ》げ、天皇に献《たてまつ》る。仍《よ》りて歌《うたよみ》して曰く、

この神酒は　我が神酒ならず　倭《やまと》なす　大物主《おほものぬし》の　醸《か》みし神酒　幾久《いくひさ》　幾久

といふ。かく歌《うたよみ》して神宮《かむみや》に宴す。即ち宴竟《をは》りて、諸大夫《もろもろのまへつきみたち》等、歌《うたよみ》して曰く、

味酒《うまさけ》　三輪の殿の　朝門《あさと》にも　出《い》でて行《ゆ》かな　三輪の殿門《とのと》を

といふ。茲《ここ》に天皇《すめらみこと》歌《みうたよみ》して曰《のたま》はく、

味酒《うまさけ》　三輪の殿の　朝門《あさと》にも　押し開《ひら》かね　三輪の殿門《とのと》を

とのたまふ。即ち神宮《かむみや》の門《と》を開きて行幸《いでま》す。所謂《いはゆる》大田田根子は、今の三輪君《みわのきみ》等《ら》が始祖《はじめのおや》なり。

（『日本書紀』巻第五、崇神天皇八年四月―九年四月条、小島憲之他校注・訳『日本書紀①（新編日本古典文学全集）』小学館、一九九四年。一部、私意により改めたところがある）

〈現代語訳〉

八年夏四月の庚子《こうし》朔の乙卯《いつぼう》（十六日）の日。高橋邑《たかはしのむら》の人、活日《いくひ》をもって大神《おおみわ》の掌酒《さかびと》に任命した（「掌酒」は、ここではサカビトと読む）。

冬十二月の丙申《へいしん》朔の乙卯（二十日）の日。天皇は、大田田根子をもって、大神を祭らせられたのである。この日、活日は自ら神酒を捧げて持って、天皇に献上したのであった。そうして歌を詠み、

この神酒は、私なんぞが醸造した神酒などではございませぬ。倭国《やまとのくに》をお造りになった大物主様の醸造された神酒でございます。いく久しく、いく久しく（お栄えあらんことをご祈念申し上げます）。

と言上した。かくのごとくに歌を詠み、神宮で宴を催したのであった。こうして酒宴が終わると、諸大夫たちが歌を詠み、

うまさけ三輪のご社殿、このご社殿で（夜どおし酒盛りをした後に）、朝門《あさと》を開く時になったら外に出て行きたいものだ。「この三輪のご社殿の門を」でございます。

と言った。そこで、天皇もまた歌をお詠みになって、

うまさけ三輪のご社殿（このご社殿で夜どおし酒盛りをした後に）、朝門を押し開いて出てゆくがよい。「この三輪のご社殿の門を」ね（さぁ、だから朝まで大いに飲むがよい）。

と仰せられたのである。かくして、社殿の門を開いて天皇は（ご退席なさって）、出て行かれたのであった。いわゆる大田田根子《おおたたねこ》は、今の三輪君《みわのきみ》らの始祖にあたる。（筆者訳）

以上、崇神天皇八年から引用したが、この宴の意味を理解するためには、話を五年まで遡る必要がある。五年から八年にかけての、崇神紀の祭祀関係記事については、〔谷口雅博　二〇〇四年〕に、簡潔にして要を得た整理があるので、引用させていただく。

五年　　疫病流行。人口の過半数が死亡する。

六年　　百姓離反。

　　　　是先、天照大神・倭大国魂二神を宮中に祭るも、神威を恐れて天照大神を豊鍬入姫命（崇神皇女）に託して倭の笠縫邑に祭る。また日本大国魂神を渟名城入姫命（崇神皇女）に託して祭るがこちらは失敗する。

七年　二月　大物主神、倭迹迹日百襲姫命（孝霊皇女）に神懸かりして祭祀を要求。が、事態は収まらない。

　　　　大物主神、天皇の夢に顕れ、大田田根子による祭祀を要求。

　　八月　倭迹速神浅茅原目妙姫・穂積臣の遠祖大水口宿禰・伊勢麻績君、三人の夢に貴人が顕れ、大田田根子命を、大物主大神の祭主とし、市磯長尾市を、倭大国魂神の祭主とすれば、必ず天下太平になるという。

天皇、大田田根子を発見する。

十一月　大田田根子を、大物主大神の祭主とする。

長尾市を、倭大国魂神の祭主とする。

八十万群神を祭る。天社・国社、神地・神戸を定める。

疫病は終息し、国内が静まる。

五穀が稔り百姓は豊穣となる。

〔谷口　二〇〇四年〕

私は、以上の経緯を、以下のように整理して考えたい。崇神紀は、律令祭祀以前の祭祀に関わる伝えを集成していると思われ、それは天皇によるマツリ（祭）とマツリゴト（政）と大和統治の「ことわり」のようなものを提示しようとしているのではなかろうか。一連の記事のなかで唯一、功を奏したのは、天皇が大物主神の啓示を夢のうちに受け、祭主となるべき大田田根子の存在を知って、大田田根子を見つけ出して、大物主神を祀らせたことだけなのである。つまり、崇神天皇の偉大さは、正しく夢告を受け止めて、大田田根子による大物主神の祭祀を実行させた点に、集約されていると見なくてはならないのである。

マツリ（祭）とマツリゴト（政）と

一方、大和と関わりの深い大物主神を祀ることができるのは、子孫である大田田根子だけなのであり、正しい祭祀が実修されることによってのみ、天下泰平が訪れるという明確な主張が崇神紀にはある。この点にいち早く指摘したのは、青木周平であった〔青木　一九九四年、初出一九七九年〕。

一方で、この伝えは、崇神朝において祭政分離が行われたのだとする伝えにもなっている。つまり、天皇に求められたのは、夢告を受け止めて、祭祀の指示をすることであって、実際に大物主神の祭祀をするのは、大物主神の子孫である大田田根子であるということを忘れてはならない。崇神紀は、天皇のマツリゴト（政）と、大田田根子のマツリ（祭）に、越えてはならぬ「ことわり」のあることを示しているのである。こうして、祭政の関係が正された結果、安寧がもたらされたのだと崇神紀は主張しているのではないか。その結果もたらされた天下泰平の後、天皇と臣下があい和す宴が行われたのである。

この一貫した論理は、当該の宴の準備にも貫かれている。天皇の行うのは政であるから、掌酒《さかびと》の指名をし、御酒を造らせることを命ずることになる。こうして高橋の邑《むら》の人、活日《いくひ》が、宴のはじめに天皇に酒を勧めることになるのである。その歌の冒頭にも「この御酒はわが御酒ならず」の句が使用されている。土橋は、「日常的な物を神聖化する呪詞の慣用型」〔一九八九年、初版一九七二年〕とも、「この御酒は、私が私的に醸した酒ではなく、大物主神が醸した尊い酒です、の意。酒を勧めるに際して、まずその酒が神聖であることを讃めた呪的詞章」〔一九九三年、初版一九七六年〕とも説明している。土橋も注目しているように、神楽歌には「幣《みてぐら》は我がにはあらず　天に坐す豊岡姫の　宮の幣宮の幣」（神楽歌6幣）という例もあり、対象となるものが、特別であったり、神に由来するものであったり、神聖なものであることを強調する言い方なのであろう。ただ、それは、前述したように、功を神に譲って謙遜する表現でもあることを忘れてはならない。さすれば、謝酒歌で慰労の言葉が返って来るのである。

送り歌を立ち歌として退席する天皇

次に、臣下たる諸大夫の立ち歌が歌われる。一部の研究者は、立ち歌と送り歌が入れ替わった誤伝ではないかとの見方を示しているが、私はこのままでも、よいと考える(4)。というのは、諸大夫の立ち歌は、今宵は朝まで飲み明かしたいという思いを表明するものであり、立ち歌といっても、それが歌われると、すぐに宴の場を立ち去るわけではないからだ。第一、立ち歌を聞いてから、送り歌がはじまるのだから。つまり、地の文に「即ち宴竟りて」とあるのは、立ち歌と送り歌がはじまるタイミングを表しているのであって、ここからまた宴が延長になり、いわゆる飲み直しが行われることだってあり得るのである。したがって、この立ち歌の力点は、朝まで飲み明かしても、楽しくて、楽しくて、飽きることなどありませんよと、主人に対する謝意が述べられている点にあるのである。一方、天皇の立ち歌は、それほど楽しいと言ってくれるのなら、朝まで飲み明かすことを許してやるぞ、という点に主眼があるのである。つまり、この歌は、名残の尽きない諸大夫の心を斟酌して歌われているのである。表現の力点、歌の本願となるところを見失ってはならない。したがって、天皇の立ち歌は、表現上は送り歌となる歌が利用されているのである。送り歌を立ち歌として退席したのである。つまり、「朝まで飲み明かしてもよいぞ」と言い残して、天皇は臣下より先に退出した、とみるべきであろう。

では、なぜそんな設定になっているのだろうか。それは、とりもなおさず、この宴が天皇を主人とする宴だったからだ。天皇は、活日から酒を勧められたということは、一見客人のように見えるが、もともと酒造りを活日に命じたのは天皇であるから、あくまでも天皇は、主人なのである。主人ではあるが、そこは天皇であるから、臣下たる諸大夫が天皇より先に退出するということはあり得ない。ために、天皇は、主人でありながら、送られる側となるのである。しかし、主人がいなくなると宴はお開きになってしまうので、朕が退席した後、朝まで飲み明かしてもよいのだぞ、と諸大夫を気遣っているのである。紀は、この点を誤らないように「行幸《いでま》す」と書いて退出者が天皇であることを明示している。想像をたくましくすれば、天皇が先に退席しないと、臣下は気ままに飲めないのではないか。それも、主人の気遣いのゆえだろう。

もう一つ、確認しておかなくてはならないことがある。それは、「倭《やまと》なす　大物主《おほものぬし》の　醸《か》みし神酒」と歌われている点についてである。やはり、それは大物主神の祭祀が成功したことを祝す宴であったからだろう〔菊地義裕　一九九二年〕〔青木周平　一九九四年、初出一九七九年〕〔谷口雅博　二〇〇四年〕。ただ、青木は「倭なす」を国譲り神話を反映してのこととするが、私はそこまで神話伝承を歌の解釈に反映させる必要はないと考える。ここは、大田田根子による大物主神の祭祀がうまくいって、今日、宴の日を迎えることができるようになったのだから、大和の土地の神たる大物主神のご加護があって、すばらしい御酒ができたのですという程度の気持ちが込められているに過ぎない(5)。宴の主旨や、宴が催される場に合わせて、神の名が入れ替えられることだってあるはずである。

そうして、ようやく大物主神の怒りが鎮まり、無事に臣下との宴を終えた天皇は、大和の境の地の神を祀ることになる。

九年の春三月の甲子《かふし》の朔にして戊寅《ぼいん》。天皇の夢《みいめ》に神人《かみ》有《ま》して、誨《おし》へて曰《のたま》はく、「赤盾《あかたて》八枚《やひら》・赤矛《あかほこ》八竿《やさを》を以ちて墨坂神《すみさかのかみ》を祠《まつ》れ。亦《また》黒盾八枚・黒矛八竿を以ちて大坂神《おほさかのかみ》を祠れ」とのたまふ。

四月の甲午《かふご》の朔にして己酉《きいう》。夢《みいめ》の教《をしへ》に依《よ》りて、墨坂神・大坂神を祭りたまふ。

（『日本書紀』巻第五、崇神天皇八年四月―九年四月条、小島憲之他校注・訳『日本書紀①（新編日本古典文学全集）』小学館、一九九四年。一部、私意により改めたところがある）


〈現代語訳〉


九年春三月の甲子《こうし》朔の戊寅《ぼいん》（十五日）の日。天皇の御夢に神のような人が現れて、教え諭して、「赤盾《あかたて》八枚《ひら》、赤矛《あかほこ》八竿《さお》を奉って墨坂神《すみさかのかみ》をお祭りせよ。また、黒盾八枚、黒矛八竿を奉って大坂神《おおさかのかみ》をお祭りせよ」とおっしゃったのであった。

四月の甲午朔の己酉《きゆう》（十六日）の日。かの夢の教えに従って、（天皇は）墨坂神と大坂神をお祭りになったのであった。（筆者訳）

墨坂神と大坂神に盾と矛を献上して、境の地を祀るのである。奈良県宇陀市西峠は伊勢へと続く要路。同県香芝市穴虫は河内への要路に当たる。つまり、国つ神である大物主神をうまく祀ることができたので、その支配の及ぶ東の墨坂と西の大坂の神を祀ったのである。こうして、大物主神の祭祀を巡って発生した国家存亡の危機は無事終息し、大和における内憂がなくなったので、大和の外に、四道将軍を派遣するという話に繋がってゆくのだろう。しかし、今度は、武埴安彦《たけはにやすびこ》の謀反が起こってしまう。つまり、祭祀をめぐる危機が終結した後に、人の反乱による危機が訪れるという展開となっているのである。

けれども、物語としては、神祭りによる危機と、人の反乱による危機を無事に解決した天皇こそ、偉大なる天皇として語られることはいうまでもない。

おわりに

この論文では、土橋が、勧酒歌、謝酒歌、立ち歌、送り歌と分類した歌の典型例とされるものを分析してみた。記紀は、むしろこれらの歌をその独自の文脈のなかに移植するにあたり、その類型性と可変部分をうまく利用しているのではないか。謝酒歌を忠臣が代わって歌うことによって、大后・太子・臣の和楽を演出したり、勧酒歌の神名を物語の文脈に相応しいものとしたり、送り歌の表現を持つ歌を立ち歌とすることで天皇臨席の宴のありようを伝えたりというようなさまざまな工夫がなされているようである。

以上のことがらを踏まえて、「この御酒は我が御酒ならず」という表現についても考察を試みた。こちらは、今のこの酒が特別であり、今日の宴が特別の日であることを述べる表現であった。かの表現は、酒の霊威を強調するものであるとともに、功を譲る謙遜の表現でもあることを確認した。当該の表現を使用すれば、酒の素晴らしさを強調しても、聞き手に謝辞を強要することにならないのである。私は、以上の点にこそ、この歌の表現の妙があると思う。

たしかに、時と場に支配される宴の席は、一度として同じ宴はなく、まさに一期一会ともいうべきものだ。したがって、宴で歌われる歌は、一回生起的なものであると断じてよい。けれど一方では、型というものは不変であって、型のなかに自由に変化させることのできる部分があるに過ぎないという見方

も できよう（可変部分の存在）。さすれば、宴の歌は、定まった形式と類型表現を持つものと見ることも、可能なはずだ。顧みて、土橋の勧酒歌・謝酒歌・立ち歌・送り歌の分類は、こういった歌の類型表現に注目して導かれた歌の分類なのであった。土橋は、もともと歌われていた歌が、記紀に取り込まれたと考えたので、「独立歌謡」という言い方で、記紀の文脈からいったん切り離して、歌われた場でその歌がどう機能したかを考察しようとしたのである。確かに、時空を超えて歌の場を復元することはできないので、場はあくまで研究者が設定するものでしかない。したがって、場の機能論は、自己撞着に陥る危険性が高い研究法であることは、最初に述べたように多言を要しない。

しかしながら、土橋の研究以降に展開された分類案を見、かつ記紀の個別の文脈を見るにつけ、文脈論的理解の精度を上げるためにも、歌の場における機能についても考えてゆく必要があるのではないか、と私は愚考する。不首尾ながら、以って擱筆の言としたい。

（1） ここに記した問いは、身崎壽〔一九八五年〕の「はじめに」を念頭に置いて書いたものであり、自らの立場を記すものである。当該身崎論文は、記紀の歌々の研究が、文脈論的理解を念頭において進められるべきことを説き、今日にいたるまで、大きな影響力を持っている。

（2） 万葉歌の待酒の例としては、「君がため　醸《か》みし待ち酒　安《やす》の野に　ひとりや飲まむ　友なしにして」（巻四の五五五）があり、旅びとの帰還の日程さえわかれば、その日に合わせて、酒を造ることが行われていたようだ。ちなみに、奈良県においては、宮座の祭りの始まりの日を「ミキノクチアケ」と称するところがあるが、それは祭日に合わせて準備された酒が開封され、祝い酒が解禁になることを意味していると思われる。祭日と酒造りの関係ついては柳田國男「日本の祭」〔一九九八年、初版一九四二年〕が、つとめて注意したところである。

（3）「酒楽之歌」の訓みについては、賀古明〔一九八五年、初出一九七四年〕に、詳細な検討があるが、決定することはなお難しい。

（4）こういった考え方は、たとえば山路平四郎〔一九七三年〕などに顕著である。

（5）青木周平〔一九九四年、初出一九七九年〕は、天皇に倭なす大物主神の醸した酒が献上されることの意味を、大物主神が宮廷祭祀に取り込まれたことを表すとする。そして、それは、神代紀下第九段の第二の一書に続く、第二の国譲りとしての意味を持つと説く。以上の結論は、文脈論的理解を貫徹したものであろう。しかし、私は、そこまで解釈するのは行き過ぎであると思う。あくまでも、天皇に勧められた酒は、天皇が活日に命じて造らせたものであり、活日が酒の霊威を誇張しつつ、謙遜の心を表したものであることを考え合わせると、大物主神の祭祀の成功を祝する宴であるということと、宴の場が、三輪であることが勘案されて大物主神となったと見るべきで、それ以上の政治的意味合いを読み取るのは難しい、と判断する。

【参考文献】

青木周平「三輪神宴歌謡からみた大物主伝承像の形成」『古事記研究―歌と神話の文学的表現―』おうふう、一九九四年。初出一九七九年
井上　薫「大三輪神社と神酒」『続日本紀研究』第九巻第四・五・六合併号所収、続日本紀研究会、一九六二年
岩田大輔「崇神紀における三輪神宴歌の意義―紀一五番歌を中心に―」『古代文学』第五十号所収、古代文

学会、二〇一一年
上野　理「記・紀の酒宴の歌―酒楽の歌をめぐって―」『比較文学年誌』第二十六号所収、早稲田大学比較文学研究室、一九九〇年
賀古　明「酒坐歌・酒楽之歌」『琴歌譜新論』風間書店、一九八五年。初出一九七四年
菊地義裕「まつりとうたげの文学―採物歌と直会―」國學院大學日本民俗研究大系編集委員会編『文学と民俗学（日本民俗研究大系9）』國學院大學、一九八九年
――「万葉の酣宴」『日本文学研究会会報』第七号所収、東洋大学短期大学日本文学研究会、一九九二年
斉藤充博「宴会の機能」『魚津シンポジウム』第七号所収、洗足学園魚津短期大学、一九九二年
猿田正祝「酒楽歌についての一考察―歌謡と説話の接続を中心として―」『國學院大學大学院紀要（文学研究科）』第二十三号所収、國學院大學、一九九二年
島田晴子「「あさず飲せ」考」『学習院大学上代文学研究』第十七号所収、学習院大学、一九九二年
城崎陽子「宴の民俗」櫻井満監修『万葉集の民俗学』所収、桜楓社、一九九三年
孫　久富「記紀歌謡と中国文学―『古事記』の「酒楽の歌」について―」『相愛大学研究論集』第九巻所収、相愛大学、一九九三年
高橋六二「宴と歌」有精堂編集部編『時代別日本文学史事典　上代編』所収、有精堂、一九八七年
谷口雅博「崇神紀・大物主神祭祀伝承の意義」『大美和』第百六号所収、大神神社、二〇〇四年
土橋　寛「場の問題」『国文学―解釈と教材の研究―』第十五巻第十号所収、学燈社、一九七〇年
――「歌の〝読み〟方について―歌の「場」の問題をめぐって―」『日本文学』第二十五巻第六号所収、

日本文学協会、一九七六年
――『古代歌謡の世界』塙書房、一九八〇年。初版一九六八年
――『古代歌謡と儀礼の研究』岩波書店、一九八六年。初版一九六五年
――『古代歌謡全注釈　古事記編』角川書店、一九八九年。初版一九七二年
――『古代歌謡全注釈　日本書紀編』角川書店、一九九三年。初版一九七六年
土橋寛・池田弥三郎編『歌謡一（鑑賞　日本古典文学　第四巻）』角川書店、一九七五年
土橋寛・小西甚一校注『古代歌謡集（日本古典文学大系3）』岩波書店、一九六七年。初版一九五七年
内藤英人「崇神紀の酒宴歌謡について」『日本歌謡研究』第三十四号所収、日本歌謡学会、一九九四年
永池健二「酒盛考―宴の中世的形態と室町小歌―」友久武文先生古稀記念論文集刊行会編『中世伝承文学とその周辺』所収、溪水社、一九九七年
服部　旦「神功皇后「酒楽之歌」の構造と意味―滋賀県水口町総社神社「麦酒祭」の民俗調査に基づいての一考察―附説（一）少彦名神と酒造及び常世国（二）大物主神と酒造」『大妻国文』第八号所収、大妻女子大学国文学会、一九七七年
真鍋昌弘「酒宴と歌謡」『口頭伝承「トナエ・ウタ・コトワザ」の世界（講座日本の伝承文学）』第九巻所収、三弥井書店、二〇〇三年
身崎　壽「モノガタリにとってウタとはなんだったのか―記紀の〈歌謡〉について―」『日本文学』第三十四巻第二号所収、日本文学協会、一九八五年
水島義治「酒楽歌」『国語国文研究』第十八・十九号所収、北海道大学国語国文学会、一九六一年
森　淳司「万葉集宴席歌考―天平宝字二年二月、中臣清麻呂の宅の宴歌十八首―」『語文』第五十五輯所収、

日本大学国文学会、一九八二年
――「万葉宴席歌試論―交歓宴歌について　その一」五味智英・小島憲之編『万葉集研究』第十三集所収、塙書房、一九八五年
――「万葉集宴席歌試論―餞席終宴歌について（二）―」青木生子博士頌寿記念会編『上代文学の諸相』塙書房、一九九三年
森　陽香「石立たす司―スクナミカミと常世の酒と―」『上代文学』第九十七号所収、上代文学会、二〇〇六年
盛本昌広『贈答と宴会の中世』吉川弘文館、二〇〇八年
柳田国男「日本の祭」『柳田國男全集』第十三巻、筑摩書房、一九九八年。初版一九四二年
山路平四郎『記紀歌謡評釈』東京堂出版、一九七三年
和田　萃「倭成す大物主神」『大美和』百五号所収、大神神社、二〇〇三年

【付記】成稿にあたり、寺川眞知夫、今井昌子、谷口雅博の諸氏より、ご教示を賜りました。記して、お礼を申し上げたく存じます。

鼎談　安万侶さんを語る

寺田典弘（田原本町長）
多　忠記（多神社宮司）
和田　萃（京都教育大学名誉教授）

和田　皆さん、こんにちは。これから三〇分ほどの間、町長の寺田さんと多神社《おおじんじゃ》宮司の多《おお》さんにいろんな話を伺いながら、皆さん方にいろんなことをお知り頂きたいと、かように考えております。今年（平成二十四、二〇一二）は古事記撰録一三〇〇年ということで、『古事記』に対する関心が全国的に高まっているわけですけれども、この『古事記』を筆録したのは、太《おおの》安万侶《やすまろ》です。私は田原本町《たわらもとちょう》の出身ですので、太安万侶という風に言い切ってしまうと、なんとなしに気が引けるものですから、「安万侶さん」という言い方をさせて頂きます。太安万侶さんは、田原本の出身であり、『古事記』を筆録された。その『古事記』について、今日これから検討するわけですが、まず最初に、この三人で『古事記』なり、多神社について、いろいろお話をして頂きたいと思っております。伺いますと町長さんは、ずいぶん『古事記』に関心をお持ちで、田原本町の人びとに『古事記』をもっと広く知ってもらいたいと強くお考えと伺っております。そのあたりのお話を頂けますでしょうか。

寺田　はい、ありがとうございます。田原本だけではないのですけれども、『古事記』を読んでおりましたら非常に面白くて、二時間もあれば読み切れる文章でございます。何が書いてあるかというと、国の成り立ちが書いてあるんですね。私たち日本人が日本人として、自分の国の成り立ちを知らないというのは非常におかしなことだと、私、常々思っているのです。もちろん安万侶さんは田原本町の出身でありますので、田原本の人たちは、ぜひ現代文で構わないと思うので読んで頂きたい。そのためにも一歩踏み込んで頂けるような、そんなしつらえを田原本町として、させて頂けないかなということで、今、この鼎談は別にして、のちのシンポジウムも文章にして本にさせて頂きたいという風に考えております。また『古事記』の小冊子等も作らせて頂ければ、という風に考えております。

和田　我々もそうして頂ければ、まことにありがたいことだと思っております。町長さんは田原本のご出身で、多神社の氏子さんとも伺っております。私は田原本の旧町の出身なので、多神社のお祭りをあまり知らないのですけれども、今まで多神社に参拝された折のこととか、あるいはお祭りのにぎわいとか、そのあたりのことをお話し頂けますでしょうか。

寺田　はい、ありがとうございます。私は多村、今は田原本町なんですけれど、以前、多村の九品寺《くほんじ》というところの生まれでございまして、こちらにいらっしゃいます多忠記宮司の多神社の氏子でもありました。

私たちの小さいころはテレビはありましたけれども、そんなに娯楽というものが発達していませんし、今みたいにゲーム機があるわけでもありませんので、やっぱりお祭りというのは非常に楽しみにしておりました。

特に春は「おおれんぞ」(多連座)というものがございまして、こちらの方に行くのが楽しみでした。夏は津島神社の「祇園さん」などいろいろありましたけれども、そういったなかで、昔は子供も多かったですし、にぎわいもあったように思っております。

最近は残念ながら行政も少し足りないところもあると思いますが、子供の少子化ということで少なくなってきた。また、遊びが多様化したためにあまり子供がそういうところに集まって来ない、そういうようなところを寂しく感じております。これから行政としても、子供たち、そして大人が一緒に集まれるような催しものを、この町でやっていきたいと考えております。特に私は南小学校の出身ですので、先ほどご紹介もありましたけれども、正門を入ったらすぐに太安万侶さんの碑が立っておりまして、太安万侶さんというのはこんな人だったんだよ、こんな賢い人だったんだよ、という風にずっと習って育ってきましたので、そういう意味では非常に太安万侶さんに親近感を持っていますし、尊敬、畏敬の念も抱いているところであります。

和田　多神社に対する思いというのでしょうか、そういうことを語って頂きました。多神社の宮司の多さんは、太安万侶さんから五十一代目の直系の子孫に当たられます。また初代の神武天皇の子供、神八井耳命《かむやいみみのみこと》という方がおられるのですが、神八井耳命から十五代後が太安万侶さんであり、安万侶さんから数えて五十一代目が、今の宮司の多さんであるということになります。

多宮司さんと私は田原本中学校の同級生で、三年生の時は同じクラスでもありました。そういうことから多さんにはいろいろなことを教わったりしています。

ここで多さんに質問です。多神社はずいぶん社叢《しゃそう》（神社の森）が広くて、奈良県下でも有数の大きな神社であり、また多くの神々をお祀りしておられるわけですけれども、そのあたりのことをお話し頂けますか。

多　はい、ありがとうございます。今日、会場へ来られた皆さんのなかには町内の方、あるいは県内、他府県から来られた方も大勢おいでだと思うのですけれども、簡単に多神社のことについて説明させて頂きたいと思います。田原本は、ちょうど奈良盆地の真ん中、特に多神社はその中心に当たるところでございます。東には三輪山、そして西には二上山、南には畝傍山、そして北の方には、遷都一三〇〇年を迎えましたが、平城宮跡がございます。ちょうどその交わるところに多神社が鎮座しております。多神社はいつ頃からここでお祀りされたのだろうか、というと、おそらく弥生時代初期、ですから二六〇〇年ほども前のことでしょう。その時分に、この多神社の地に人々が住み着いて、お米作りをしたんですね。稲作をした。

多神社の西方、飛鳥川の西の方に皆さんご存じの奈良県心身障害者リハビリセンターがあります。この辺が、どうも農耕に適したところだったようです。ですから飛鳥川から西方には土器類は出土しません。

ところが、東側の多神社付近で発掘調査がされますと、土器がたくさん出土します。なかでも多神社の周りから出土するのは、弥生初期の祭祀土器です。祭祀土器というのは、お祀りごとに使った器であり、一回しか使わないのです。二度と使わない。そういうお祀りの形態だったので、祭祀土器がたくさん出てきます。ですから、書きものに残っているのは、平安時代の『延喜式』神名帳に名神大社《みようじんたいしや》ということで出てきますけれども、その以前から、はるか昔から、多神社のところでお祀りをしていたということです。

そのお祀りは一体何をお祀りしていたんだろう。今、和田さんから少しお話がありましたけれども、神八井耳命が多神社の主祭神です。中心になる神様です。この方が「我、天変地異を祀る」といって多神社のところへこられたのが、約二六〇〇年ほど昔です。おそらくここで、神八井耳命が日本神道の原点、基礎を作り上げられたのではないかと。

多神社から北に約一キロほど行ったところに新木《にき》という里（田原本町新木）がありますけれども、この辺が笠縫邑《かさぬいむら》伝説地です。笠縫邑というのは、一体何なんだろう。近鉄橿原線の駅に「笠縫」があるから、それかなと思われるのですけど、宮中の賢所《かしこどころ》から伊勢神宮に行くまでの間の「笠縫邑伝説」というものがあります。

天皇家がお祀りされて賢所から、一番最初に外へ出た所が多神社の新木だと思います。ここから三輪山の少し北に檜原《ひばら》神社というのがございます。そこへ行き、そしてもう一つ、長谷寺の上の方に初瀬ダムがありまして、小夫《おおぶ》という集落があるのですけれども、そこに天神社というところがあります。ここも笠縫邑伝説地でございます。

そしてその天神社の西側、山一つ越えたところにヤマトヒメ、この方は天照大神《あまてらすおおみかみ》を伊勢へ持っていかれるのに苦慮されたお姫様ですけれども、その方が体をみそぎ清めるために、みそぎをされた化粧壺という壺が今も残っております。

そういう意味で多神社は非常に古い歴史を持っている。そして一番最初にお祀りしたのはおそらく、天照大神と、そして神社の西側を流れています飛鳥川、ここには水の神様が住んでいる。ですから地球上のすべての、生物、動物、植物、それらが生きていくために不可欠な太陽そして水、それを崇め祀ったところだと私は思っております。大体、多神社の原点というのですか、元はこういうところでございます。

和田　多神社について詳しくお話しをして頂きました。皆さんもご承知のように、昭和五十四年（一九七九）一月に、奈良市の此瀬《この せ》町、此瀬町といいますと、高円山を越えてまだ東のところですけれども、此瀬町で太安万侶さんの墓誌が発見されました。ずいぶん大きく報道されましたから、会場の皆さんもよくご承知のことだと思います。安万侶さんの墓誌が発見された時に、多さんはどういう感慨を持たれたのですか。

多　はい。今から三十三年前、私もまだ若かったですけれども、ちょうど森のなかで木の枝を切っておりました。父と一緒に。するとそこに新聞記者が来て、多さん、えらいことが起こりましたよ！　と教えてくれたのが、一番最初、安万侶さんのお墓が見つかったときだったのです。その時、父が小躍りして喜んだのです。なぜなんだろう。私、まだ若気の至りで、はっきりとわからなかったのですけれども、それまで太安万侶さんというのは、お墓が見つかるまでは、架空の人物だという方が大半だったんです。それで質問があるわけです、父に対して。

安万侶さんという方は、本当におられましたか？そうすると父はそれに答えるのに、自分はいたと信じたいのだけれども、それを証明するものがなかった。墓誌の発見は、安万侶さんのお墓が見つかったということで、実際に今から勘定したら一三〇〇年昔におられた。その方のお墓が見つかったということですから、おそらく日本国中で小躍りして喜んだのは、私の父だけだと思います。

そしてお墓を見つけてくださった、竹西さんという、今もう九十四、五歳になっておられますけれども、おじいちゃんがおられます。この方が見つけてくださって、報告して頂いたから、安万侶さんがこの世に出てこられたと思います。

私はまだ若くって、どういう意味なのか、はっきりとは分からなかった。安万侶さんは本当におられたのだなあ、まあ私はそう信じていたけれども、という感覚で終わってしまったんですけれども。

やはり当時、直面していた父が一番喜んでいたし、竹西さんがお墓を見つけて、報告してくださった、これが一番ありがたかったらしいですね。ちょこちょこと柳生の方に行っては、竹西さんのお宅へお邪魔して遊んでいたようです。

和田　墓誌が発見された当時のことをお話し頂きました。奈良県立橿原考古学研究所による発掘調査で、墓誌が見つかり、安万侶さんが葬られたのは、奈良市東方の此瀬町であるということがはっきりしたわけです。田原本町およびその周辺の方々はよくご承知だと思いますが、元々、安万侶さんの墓と伝承されていたのは、松ノ下古墳という古墳でした。ちょうど近鉄橿原線の、笠縫《かさぬい》駅と新ノ口《にのくち》駅の間の、線路の東側の田んぼのなかに小さな塚があって、「太安万侶の墓」という大きな標柱が立っていたのをご承知の方もたくさんいらっしゃると思います。

　当時は、その松ノ下古墳が太安万侶さんの墓だと考えられていたわけですけれども、昭和五十四年一月に奈良市の此瀬町で、安万侶さんの墓誌が発見され、その後の発掘調査で、確定した。安万侶さんの墓が此瀬町に所在することが確定して、現在に至っているわけです。

　その後、近鉄橿原線のそばの松ノ下古墳の標柱は、いつの間にかなくなってしまった。そうした経緯があるわけですけれど、橿原考古学研究所で調査して後、いろいろないきさつがあって、結局、安万侶さんのお骨は此瀬町のお寺の所有になってしまった。そのあたり少しわからないこともあるのですが、その後、多さんは多年に渡って遺骨を、是非とも神社へ戻したいということで、尽力をされました。

　また地元の多地区や田原本町のいろいろな方々が尽力をされて、ようやくこの程、多神社にその一部が戻り、そしてまた今年の七月の初めに、多神社のすぐ南側に、安万侶さんを祀った一角がありますが、そこに大きな記念碑を建てられた。多さん自身も、ずいぶん安堵されたことと思います。そのあたりのいきさつをお話し頂けますか。

多　今年は古事記撰録一三〇〇年ということで、節目の年になったわけなんですけれど。一昨年の七月六日、一週間ほど前なんですけれども、安万侶さんの遺骨が一部帰ってこられまして、これも不思議なんですね。

安万侶さんの命日（七月六日）のちょっと前に遺骨が帰ってこられた。この時にやっぱり遺骨が帰ってきたら、どこか地元の皆さん方のお参りできるところへ埋葬して、と思ったのです。そして昔から伝承地となっている安万侶さんの墓というのが、今、和田さんが言われたように田原本町の一番南の端っこ、橿原市の西新堂の際のところに小さな古墳がございます。そこへ埋葬して環境整備をしようと思ったんですけれども、そこは安万侶さんのお墓へ行く道もないんです。そして小さな土地で、とてもではないけれど、お墓を建てるには余りにも貧相だと思うので、土地を購入して、そこに大きく建て直そうかなと思ったんですけれども、肝心要のそこは、農業振興地区といって許可が下りるのに時間がかかるところだったんです。

そこで、今年、一三〇〇年に実行してこそ値打ちがあると思ったので、多神社の氏子総代さん全員二十五名おられますけれども、その方々といろいろ相談して、一番良いのはこの多神社の横へこしらえましょうということになりまして、急遽、四月ごろから工事に取り掛かり、七月六日に「一三〇〇年記念碑」という形で作り上げることができました。

ただ神社には、遺骨を埋葬することができません。お墓が作れないのです。ですから遺骨は、私個人の家の神棚にお祀りしておりますけれども、そこには安万侶さんが書かれたという『古事記』の序文、そして国宝になっていますす写本、コピーですけれども、それを埋納し、ご寄贈願った方々のお名前も刻んで中に納めております。

また是非、一度、記念碑に来て頂いて、どんなものなのか見てもらったらありがたいと思います。

和田　話は少し変わりますけれども、この田原本町は、奈良盆地のほぼ中央に位置しています。奈良盆地を、古くから国中《くんなか》という風な言い方を致しますけれども、田原本町は、その国中のなかでも中心の位置を占めています。ですから今回、大和の国のなかでも「まほろば」、まほろばという言葉は「すぐれた良いところ」という風な意味ですけれども、「やまとのまほろば田原本」というタイトルで、全国発信をさせて頂いているというのは、そういうことにもよります。田原本にはまことに古い歴史や文化があります。神社ですと多神社がありますし、それから役場のすぐ北には鏡作神社があって、三種の神器の一つである八咫鏡《やたのかがみ》の鋳型といいますか、元となる鏡を鋳たという伝承がある。

田原本町役場から東へ行くと、ちょうど役場のこの辺りは、下ツ道が通っているところですが、東方に中ツ道があって、その中ツ道の真上に村屋《むらや》神社が鎮座している。そして村屋神社から箸墓古墳にかけての一帯は、実は大和における壬申の乱の戦場にもなったところなのです。

ですから田原本には、多神社、鏡作神社、村屋神社という、昔からの古いお社《やしろ》が今もそのままに残っているのです。また秦氏《はたうじ》のお寺、秦楽寺《じんらくじ》などもあり、ずいぶんたくさんの古代以来の遺跡が残っています。それから中世には、世阿弥が味間《あじま》の補巌寺《ふがんじ》へ参禅していますす。近世になりますと田原本は、浄照寺《じょうしょうじ》を中心とした寺内町ができ、そしてまた田原本藩の陣屋町でもあったのです。

さらに室町時代に遡る、「本郷」と呼ばれる地域がありました。近鉄田原本駅から少し北方の、田原本町小室《こむろ》の地域を昔から本郷といって、田原本の最も古い場所と伝えています。その田原本の本郷と、寺内町とそして陣屋町の三つが重なっている。

また田原本町役場の北に新町通りがあり、すぐ東方に寺川が流れています。江戸時代には、漁梁船《ぎょりょうせん》という大和川をさかのぼる船の船着き場が寺川沿いにあって、「今里の浜」と呼ばれ、大いに賑ったことで知られています。

新町通りの家並みを見ますと、古い住宅が点在しますし、現在、田原本で一番古い吉村邸も、復元工事をすれば、ずいぶん立派な御宅となるでしょう。町並みとしても優れたところが残っております。

そうした田原本で、今回、古事記撰録一三〇〇年の催しがされたわけです。先ほども、田原本をもっと活気のあるものにしたいという、町長さんのお考えを伺ったのですが、今後の田原本の将来というのでしょうか、その辺りのことを少しお話を頂けますでしょうか。

寺田　ありがとうございます。今、和田先生がおっしゃいましたように、これから観光をPRしていく資源というのは豊富にあると思います。ただ、今まで私を含めてですけども、行政がなかなか表に出てくることができなかった。打ち出せなかった、ということが反省点という意味ではあります。ただ、だからといって来年すぐに東京からたくさんの人が来て頂けるような、しつらえ、仕掛けができるかというと、これはちょっと難しいところがあります。

私はいつも思うのですけれども、田原本の良さを、田原本に住んでいる人にまずわかって、理解をして頂かないと、歴史を知って頂かないといけない、という風に思います。私を含めてのことですが、不勉強でなかなか田原本のことについて知らないというのが実状です。

そのため私が今少し考えて、観光協会にお願いを致しまして、「ふるさとカルタ」というのを作らせて頂きました。当初はかなり大きなA4判ぐらいの大きさだったのですけれど、今それを小さな本当のカルタという風な形にして、今年、小学校に配らせて頂きます。小学校で授業の中でも取り入れて頂きたいと思いますし、また、一人一人のお子さんにもお渡しさせて頂いて、家でも出来るような、そんなカルタを作らせて頂きたいと思います。

何を言いたいかというと、私は大人の人にも理解してもらうのが一番大切なことだと思いますが、子供の時分から、「私の町はこんな町やってんな」、ということをよくわかってもらうことによって、町が好きになって頂ける。そんなことを十年、二十年、三十年とちょっと気の長いようなスパンの話になってくるのですけど、そこから手を付けていくのが一つだと思いますし、子供たちがまた、お父さん、お母さんに教えてくれる。「こんな町やねんで、僕知ってるけどお父さん知ってる?」と。そういう取り組みをさせて頂きたいという風に思います。これは、どこにヒントを得たのかというと、皆さんご承知だと思うのですけれども、群馬県の「上毛カルタ」というのがございます。これは、私、群馬へたまたま講演に行かして頂いた時に、幼稚園へ講演に行ったのですけれども、そこの子供たちが意味も分からないのに、それを読んでカルタをしているのです。

だから、結局意味なんか後でもいいんです。子供たちにまず触れてもらうこと。そのような取り組みをしてまず家の人たちに、田原本の町を好きになって頂いて、そして町民の皆さんが町の外で「うちはこんなええ町やねんで」と口コミででも広がっていく。ちょっと気の長い話になりますが、しつらえもさせて頂きたいと思いますし、また和田先生もおっしゃっていたように、ハード的な整備も今後進めさせて頂きたいという風に思っています。

和田　まことに力強いお言葉を頂きました。私も田原本をよく歩いておりますが、田原本を歩いて感じる一つの特色は、道標や常夜灯が多いということであり、これは県下でも珍しいことだと思います。旧田原本町内だけではなくて、村屋神社の辺りにもずいぶん道標が多い。田原本になぜ道標が多いかということを考えると、古代の下ツ道が中街道と呼ばれて町の中を通り、また寺川沿いに戻るという、そういう道筋なのですが、その曲り角ごとに道標があります。役場の北側にもありますし、そのすぐ西の四つ辻のところには、寛政六年（一七九四）に建てられた大きな記念碑があって、新町通りに住んだ商人たちの名前が一面に刻んでありますす。先日、確かめに行ったのですが、南の面に、「本屋清蔵」という人の名前があるのですが、その本屋という、いわゆる書籍商に関わる資料の内で最も古い人物なのです。だから田原本の新町通りは、本屋さんが日本で初めて誕生したという記念すべき所なのですけれど、いろいろな意味で田原本には、古代だけでなく、中近世を通じて文化財がたくさんある。そういうものをもっとクローズアップして、また町民の皆さんにも知って頂き、全国から来られる人々にも知って頂けたらと、そういう思いを強く持っております。

これからの町づくりについて、いろいろお話し頂いたわけですが、最後に多さん、多神社のこれから、あるいはまた、村屋神社、鏡作神社も田原本にありますので、その辺りのことを少し最後の締めくくりにお話し頂けますか。

多　今年は古事記撰録一三〇〇年ということで、さまざまな行事が催されてきました。大体、後半戦に入ってきましたけど、町内でも多神社を知らないという方はおられるのです。太安万侶さんと言うと、「は？」といわれる方。ましてや『古事記』といったら、「そんな難しい本、ワシよう読まん」と言われるんですね。実際にいって『古事記』というのは、非常に面白い。

先ほど寺田町長さんが言っておられましたけれども、全巻読むのに、それほど時間はかからない。最近は我々が普段使っている言葉で、『古事記』を釈読されている本がたくさん出てきております。そういう本を読んで頂きたい。

私が一番好きなのは、「国生み」といって、日本の国を作っていかれる過程なんですね。摩訶不思議というのですか、俗に今の言葉でいったらマンガチック。マンガ大国、日本ですけれども。そのマンガチックなところ、不思議なところを、親御さんや、おじいちゃん、おばあちゃんに読んで頂きたいと思います。昔、我々子供の時分は、おじいちゃん、おばあちゃんからいろいろなおとぎ話を聞いたものです。そういう意味で子供さんや、あるいはお孫さんに、『古事記』の初めのところを少しでもいいですから、「昔なあ、『古事記』いう本を書かはった人がこんなこと書いてはる」とお話しして頂く。そうすると各家庭でおじいちゃん、おばあちゃんとお孫さんとのコミュニケーションも生まれますし、あるいは親御さんと子供さんのコミュニケーションが生まれますし、会話がそこから出てくると思います。

ですから『古事記』というのは、日本の歴史を物語っているのですけれども、そうじゃなしにそのなかの一部を使って、皆さん方のご家庭で、その古いことを子供さんやお孫さんに教えて頂くことが私の願いです。そうしたら子供さんが大きなった時、太安万侶や『古事記』、多神社のことをわかってくれると思います。

折になりましたら、多神社の方においで頂いて、チャイム押して頂いたら、私がおります限り、対応をさせて頂いて、面白い話もさせて頂きたいと思います。これからも多神社を大いに皆さん知って頂いて、遊びがてら寄って頂いたらありがたいなと思っております。

和田　お二人からさまざまなお話を伺うことができました。時間となりましたので、これで閉じさせて頂きます。ありがとうございました。

田原本町における「古事記編纂一三〇〇年紀」記念事業の意義と開催趣旨

鈴木幸兵

1　はじめに

近鉄電車橿原線の笠縫《かさぬい》駅と新ノ口《にのくち》駅のちょうど中間のところに、〝伝承　太安万侶の墓〟という表示板が長い間立てられていた。そこはちょっとした盛り土になっていて電車の窓からも充分見えるところにあった。『古事記』は太安万侶が編纂し七一二年に元明天皇に献上した、しかし『古事記』は偽書かもしれないし、太安万侶は実在の人物ではないかもしれない、ということが長い間言われてきた。『古事記』は偽書ではなく、太安万侶さんも実在の人であってほしい、そしてこの田原本町《たわらもとちょう》の誇れる偉大な人物であれば、なお一層町の振興に繋がる。その願いが届いたのかどうか、昭和五十四年一月二十一日、奈良市此瀬町の丘陵から太安万侶さんの墓が発見された。発見の報道は、五大紙がすべて一面トップ記事で扱い、明日香村の高松塚古墳の発見に匹敵するもの、あるいはそれ以上のものであるといわれた。墓から墓誌が出土し、墓誌には「左京四条四坊従四位下勲五等太朝臣安萬侶　癸亥年七月六日を以て卒す　養老七年十二月十五日乙巳」と刻まれていた。

これで、太安万侶さんは実在する人物であること、墓誌には『古事記』のことは触れられていないが、偽書説も遠のいて『古事記』も「太安万侶さん」も歴史的に明確になった。

この『古事記』を撰録した太安万侶さんと縁のある田原本町にとっては大変重要な歴史事象である。ところが、昭和五十四年一月に墓誌が発見されてから三十四年経つが、その間、太安万侶さんのことも『古事記』のことも顕彰したとか、また安万侶さんの偉業を讃えてその情報を全国発信したとかというようなことなど何も取り上げてこなかったし、実施してこなかった。田原本町にとって古事記編纂一三〇〇年である、平成二十四年（二〇一二）はまたとない良い機会で、郷土の偉人である太安万侶さんを通じて田原本町の歴史文化と民度の向上を図るべきである。このように町内外の各方面から強い要請があり、現町長である寺田町長の熱い思いもあって、田原本町古事記編纂一三〇〇年紀の記念事業実行のための実行委員会を設置して、田原本町、田原本町教育委員会の三主体で事業を実施することになった。

冒頭にふれた〝伝承　太安万侶の墓〟は松の下古墳という古墳であるが、地元の人たちは、太安万侶さんが住んでいたところ、住居のあったところではないかと言っている。墓誌には住居が表示されていて、平城京の四条四坊となっており、墓が奈良市此瀬町で営まれたので、奈良市の人のように思われているが、太安万侶さんの太は多とも書いて、田原本町大字多という地名から出た氏で多氏一族の氏長《うじのかみ》になっており、生誕の地は田原本町大字多である。

2「古事記編纂一三〇〇年紀」記念事業の概要

平成二十三年に入ってすぐに準備にとりかかり、田原本町古事記編纂一三〇〇年紀記念事業実行委員会（以下実行委員会という）を設置し、記念事業の企画立案と計画書を作成して、平成二十三年十一月七日実行委員会をスタートさせた。記念事業のコンセプト、田原本町として開催するねらい、目標は何か、各委員から鋭い意見、要望が活発に出され、およそ次のようにまとめられた。

——一三〇〇年の時空を超えて甦る賢者伝説——
『古事記』のふるさと田原本　太安万侶生誕の地
記念フォーラム

〈開催の趣旨〉
平成二十四年（二〇一二）は日本初の歴史書、文学書である古事記が編纂されて一三〇〇年になる。『古事記』の編纂者である太安万侶さんは、ここ田原本町多の里で生まれ育ち、壬申の乱の功臣、多朝臣品治《おおのあそんほむじ》を父にもち文武に優れた俊才として活躍、民部卿にまで登りつめた。元明天皇の詔を受け、漢文、漢語の知識を駆使して古事記を筆録、編纂した。太安万侶さんのこの功績によって、いまを生きる私たちは国づくりの足跡を窺い知ることができる。

これを記念して太安万侶さんのふるさと田原本町では、古事記編纂一三〇〇年紀記念事業を実施し、町の豊かな歴史・文化遺産を掘り起こすとともに、賢者、太安万侶さんの偉業と歴史的役割を顕彰しもってこれを全国に発信して、地域振興、観光振興に資するとともに、〝大和のまほろば田原本〟のブランドイメージを構築していく。

〈記念フォーラム事業〉

平成二十四年十一月十八日（日）田原本青垣生涯学習センター弥生の里で定員八〇〇名のところほぼ満員の入場者であった。元NHK大阪放送局アナウンサーで、いまもNHKラジオ番組かんさい土曜ほっとタイム「ぼやき川柳」が好評で、関西思い出シアターなど受け持っている佐藤誠氏に進行司会をお願いして、印象的な幕開けで、古事記編纂一三〇〇年を記念するのに相応しいプログラムが展開された。

第一部　ステージ「古記事へのいざない～音楽・映像・演舞～」

舞台上に田原本宮森《みやのもり》保育園四六名の園児による「こどもYOSAKOIソーラン」の迫力のある踊りで幕を開け、オリジナルで制作したDVDによる映像を織り交ぜて、巫女神楽《みこかぐら》に地元で結成した風流舞「奏楽《そうら》」と㈱太鼓センターの舞踊集団「トモコダンスプラネット」の熱演があって見どころのあるステージに仕上げられた。

第二部　鼎談「太安万侶さんを語る」

太安万侶さんと田原本町とゆかりの深い方々の話で、田原本町　寺田典弘町長、多神社　多忠《おおただ》記《ふみ》宮司、京都教育大学　和田萃《あつむ》名誉教授による鼎談。

第三部　「やすまろさんへのメッセージ」コンテスト

『古事記』に親しんでもらう、身近なものにしてもらう、そして太安万侶さんを知ってもらうということで、今回の記念事業の目玉のひとつとして、現代詩、新短歌の形に表現して応募してもらった。

第四部　シンポジウム「やまとのまほろば田原本」

『古事記』、『古事記』に関する神話、『古事記』と『万葉集』等々の講演会、セミナー、トークが県庁をはじめ各市町村で非常に多く開催されてきた。これらと重複を避けるため当記念フォーラムでは、古代史研究で第一人者である、京都教育大学の和田萃名誉教授が田原本町の出身ということもあって、田原本町に相応しい、田原本町でないとできないようなシンポジウムを企画しようと、同和田名誉教授の提案もあり、また実行委員会の中から強い要望があって、「やまとのまほろば田原本町」というタイトルにした。

〝やまとのまほろば〟というのは大和盆地の真中に位置していて、大和の国中《くんなか》といわれてきた田原本町を指すもので、田原本町で歴史的大事業がなされてきたという意味もあって、当代のトップクラスの先生方に出席していただいて『古事記』と太安万侶さんのことについて論述してもらった。また、『古事記』に対する関心が高まってきている今、『古事記』をひとりでも多くの人に読んでもらい、『古事記』に一層馴染んでもらうよう、その足がかりになるよう計画されたものである。

国文学で記紀神話、『万葉集』、『日本霊異記』の研究者である同志社女子大学の寺川真知夫特任教授。歴史学や考古学、民俗学を取り入れた万葉研究で学会に新風を送っておられ、第七回角川財団学芸賞を受賞された奈良大学上野誠教授。古代学の研究者で考古学にも造詣が深い元同志社大学教授の辰巳和弘先生。そして『古事記』、『日本書紀』などを中心とした史料を対象に文献調査を行いながら古代史の研究者である京都教育大学の和田萃名誉教授の四名の泰斗で

「やまとのまほろば田原本」と題して、それぞれの専門分野からいままで論議されてこなかったところに重点を置いて語っていただいた。
これが本書の中心です。

⑴　魅了した神話のステージ
―第一部　『古事記』へのいざない―

田原本町宮森保育園児の「こどもYOSAKOIソーラン」は、園児の演舞とは思われぬみごとな踊りを披露した。リズミカルな音楽に合わせ四六人園児全員が乱れることなく一生懸命に舞ってくれた。当日はどんよりとした天候で会場も重たい空気であったが、宮森保育園児の出演で瞬く間に明るい、元気なムードに変わっていった。今回の記念事業はできるだけ地元の参加を望んでいたので、園児の演舞参加は大歓迎を受けた。

舞台にはスクリーンが降りてきて、「格調高き名文が紡ぎだす『古事記』の世界」のタイトルで、プロモーションビデオによる田原本町の歴史文化をはじめ、『古事記』の成り立ち、太安万侶さんのことなどの紹介に入る。このビデオは記念事業のため特別に企画制作されたもの。

日本が国の基礎を固めようとしていた頃、伝承されていた神話や天皇の系譜等が書き起こされた日本最古の歴史書が誕生し、太安万侶さんが七一二年に元明天皇に『古事記』三巻を献上したところから始まり、弥生時代の大集落のあった唐古《からこ》・鍵《かぎ》遺跡と纏向《まきむく》遺跡の発掘調査の状況、壬申《じんしん》の乱古戦場であった村屋神社などがテンポよく展開された。太安万侶さんの本拠地である田原本町多地区に焦点が当てられ、多神社と太安万侶さんを祀る小杜《こもり》神社、壬申の乱で武勲のあった安万侶さんの父多朝臣品治《おおのあそんほむじ》や神楽、舞楽の祖といわれる多《おおの》臣自然麻呂《おみのじねんまろ》など、多氏一族には活躍した人が多いが、これらが映像に記録されたことは大変意義深いことである。

また、田原本町立南小学校では『古事記』が学習指導要領の教材として取り上げられている。橋本校長先生が自ら指導要領を作り、太安万侶さんや『古事記』を題材にして古典やわが国の歴史、伝統を身近に知ることができるように授業の中に取り入れている。この小学校の正門入ったところには「太安万侶をしのび学びの道」の石碑がある。

このプロモーションビデオは市民教育や学校教育の教材として活用できるよう制作されているので、これから多くの利用が見込まれている。

『古事記』に関連する鏡作《かがみづくり》神社と村屋神社の巫女の舞が披露された。神社での巫女の舞は祭礼や行事のあるとき良く見る機会がある。今回のステージで演じられた神楽は非常に見応えのある舞で普段あまり見ることのできない立派な、そして非常に美しい巫女舞であった。大きなステージの舞台いっぱい使っての舞は幻想の世界にひきこまれるように優雅な踊りで、日本古来の巫女神楽舞の伝統性をもっていてもっと普及させて護っていく必要がある。因みに、今回の舞は「浦安の舞」と村屋神社でおこなわれている伝統巫女舞が演じられた。「浦安の舞」というのは、宮内省楽部の多忠朝《おおただとも》楽長が昭和十五年（一九四〇）に全国神社に伝わる神楽舞を下地に作曲作舞したもので、日本神楽舞の重要性、日本文化における神楽の独自性を主張している、とされている。村屋神社の神楽は当神社独自のもので、代々受け継がれてきたもの。そのため奈良県中和地区にいまも残っている神楽舞のほとんどは村屋神社の舞が原型になっているし、何らかの影響を与えているとされている。

続いて、『古事記』の神話の中で最も話題性の高い「天の岩戸」を想起させる創作演舞が演じられ、会場に来て下さった聴衆の皆さんの目を引き付けた。

これには、寺田典弘田原本町長が、太安万侶さんに扮して出演され、コントとナレーションもあって客席を沸かせた。創作演舞はプロ舞踊の方であったが、天照大神命が岩戸の中に隠れてなかなか出てこられないシーンなどを舞踊で表現するところは見応えのある場面であった。そして、一連の演出の中に、吉備津彦の吉備平定の戦いをイメージした村屋神社の巫女による古くから伝わる舞があって、これが非常に美しく華麗な巫女舞で、会場にいる人も始めて見たという方が多かった。

創作演舞「天の岩戸」には、前述の巫女舞とともに当町観光協会所属の風流舞《ふりゅうまい》「奏楽《そうら》」のメンバーによる軽やかなリズム感と力強い勇壮さを持ち合わせた太鼓の「揃い踏み」と、華やかな衣装に彩られた舞「桃遊楽」が笛と太鼓、歌によって爽やかに演じられた。

このように『古事記』の神話に関連する世界を表現するのに、プロの指導があったとはいうものの、地元参加による催物、地元が主体となって出演する、ということに主催者側の意図があって、巫女神楽の舞、宮森保育園児のダンス、風流舞「奏楽」の太鼓演奏と桃遊楽の舞踊がプロ集団にうまく融合して、映像・音楽・演舞による『古事記』へのいざないのステージが出来上がった。協力してもらった方ならびに出演した方を記載させていただく。

・プロモーションビデオの制作

構成・脚本　治田紀美子

制作　奈良テレビ放送㈱

ナレーター　大屋徳太郎

・巫女神楽　福原浩代

鏡作神社、村屋神社の巫女

・田原本町宮森保育園　五歳児らいおん組四六人

園児

・風流舞「奏楽」　田原本で結成された古代舞グループ。観光協会所属。

・㈱太鼓センターと「トモコダンスプラネット」

・ステージの脚本演出　安藤久美

(2) 太安万侶さんを語る

—第二部　鼎談—

多忠記氏（多神社宮司）、和田萃氏（京都教育大学名誉教授）、寺田典弘氏（田原本町長）の鼎談は、三氏とも田原本町出身で、それぞれに『古事記』や太安万侶さんにゆかりがあり、それに因んで語ってもらった。

要点のみをまとめると、いま各地、各地方で話題になっている地域起こし、町づくり、地域開発の在り方や県内においても地域格差ということもあるので、それに対してどのように問題を整理して町の活性化に、あるいは観光開発に繋げていくか、ということであろう。

★古事記撰録一三〇〇年という記念すべきときであり、『古事記』に対する関心が高まっている。しかも『古事記』を筆録したのは、太安万侶さんでこの田原本町の出身である。『古事記』は非常に面白い書で、国の成り立ちが書いてある。いまは読み下し文や現代語訳も多く出ていていつでも入手できる。まずこの地元の田原本町の人、地域の人に『古事記』を知ってもらう、『古事記』に馴染んでもらう、身近なものにしてもらう、そういう啓蒙が必要である。本日の記念フォーラムのシンポジウムについては文章にまとめて小冊子にして、それを地元の人の手元に置いてもらっていつでも読んでもらうことから始めていきたい。

★多神社のいまの宮司は、太安万侶さんから数えて五一代目で、古い伝統や行事を受け継いできているが、多神社がお祀りされたのは、おそらく弥生時代初期ころからで、神社の周囲には多くの人々が住み着いて稲作が盛んに行われていた。奈良盆地の真ん中で、多神社はその中心にあって神社の社叢が広くて、日本神道の原点もここで作り上げられていったのではないかといわれている。多神社では多くの年中行事がいまでも行われているが、時代が変わったとはいえ、お祭りには楽しみがあったし、鎮守の森には夢があった。子供たちが大人と一緒に集まって催しものに参加できるよう、地元の神社、町の歴史伝統、行事などを通じて交流の場やコミュニティづくりをしていかなければならない。

田原本町と観光協会は、町内にある神社・仏閣、歴史文化施設などを解りやすく取りまとめて、「ふるさとカルタ」を制作した。小学校の生徒に配布しているが、学校の授業の中でも、家庭でもカルタとりができるようにと思って作成したもの。これは子供のころから、私が住んでいる町はこんな町である、私の町にはこんな歴史文化がある、そういうことを良く解ってもらうことが、いま必要なことである。どういう意味があるのか、何のいわれがあるのかは後でもよい。まず子供たちにわが町の歴史文化を刷り込んでいくこと。子供たちが大人になったときに、田原本町はこんなに誇れる歴史文化のあるよい町であったのか、こんなところから郷土愛、ふるさと意識が生まれてくる。

★田原本町は奈良盆地の中心地を占めており、大和の国の中で最もよいところ、ということで〝まほろば〟といっている。まほろばという言葉は、ほかに住みやすいところという意味もあり、この記念事業のシンポジウムは「やまとのまほろば田原本」のタイトルで発信している。田原本町には非常に古い歴史や文化がある。神社で言えば前述の多神社をはじめ、八咫《やたの》鏡《かがみ》の鋳型の元になる鏡を鋳たという伝承がある鏡作神社、壬申の乱の戦場にもなった村屋神社、大和の祇園祭で有名な津島神社というように昔からの古い社がいまもそのまま残っている。寺も秦氏の創建による秦楽寺《じんらくじ》、中世になるが世阿弥が味間《あじま》の補巌寺《ふがんじ》へ参禅している。交通の要衝地でもあったので、古代の幹道である中ツ道《なかつみち》、下ツ道《しもつみち》が通っていた。そういう田原本で今回、『古事記』編纂一三〇〇年紀の催しをするわけであるが、これがひとつの契機となって、これからの観光事業、観光開発の足掛かりにしていく。

(3) 好評を受けた「やすまろさんへのメッセージ」
―第三部　短歌・新短歌コンテスト―

一三〇〇年紀の節目の時に、いかに『古事記』、安万侶さんを知ってもらうか、とくに『古事記』とはどんな歴史書であるのか、どのようなことが書かれているのか、多くの人に国史発祥の古書を読んでもらうこと。このことを通じて、『古事記』を撰録した郷土の偉人である太安万侶さんとその偉業を全国発信して田原本町の文化の向上と観光振興を図っていく。

その『古事記』に関する書籍や雑誌が最近急速に多く発刊されているが、これほど重要で面白い書物はない、読むほどに『古事記』が好きになっていくというところまでにまだなっていないのではない。実行委員会ではそのことでかなり議論を進めた。したがって『古事記』を読んでその結果を文章にしてメッセージとして応募してもらうのは時間的な制約もあって、今回のメッセージは、『古事記』をどのように思っているのか、安万侶さんはどんな人であったかと思うか、ありのままに、感じたままに新短歌や短歌の形で応募してもらうことにした。こういう試みは他ではほとんど実施していないこともあって、小学生から一般の人まで対象にして広く応募してもらうことで、逆に田原本ではこういうことを行っているという情報の発信に繋がるので、今回は新短歌・短歌の形式でメッセージを募集することになった。

応募要綱を決定するのに手間取り、メッセージを募集する期間が少し短くなったにも拘わらず、『古事記』の編纂者太安万侶さんのふるさと田原本から全国に向けて公募した新短歌・短歌は総数六二三首の応募となり、最初のメッセージコンテストであったが関心度が高く興味をもっている人が多く、いにしえの大和のまほろばに思いを馳せた秀作がたくさん寄せられた。

新短歌・短歌を専門にして自らも作品を創作し、また指導もしておられる方に選考委員をお願いし、秀作の中から約一〇〇首を選定して、選考委員一人ひとりが幾度も読み返し、吟味し、次の選考基準を申し合わせて厳正で厳粛に審査していただいた。

①太安万侶さんと『古事記』に興味関心をもち歴史とロマンを感得しての作品。

②深い言葉の探索からうみだされた作品。

③古の奈良の都思いを寄せた短歌・新短歌。

選考委員の講評によると、『古事記』・太安万侶さんに思いを寄せ、現代の言葉，律調で表現され、表白された作品が多かったこと。生徒の方においても、教室で学び、大空を眺め、雲の行方を追いながらの創作であり、生き生きと表現してくれていた。今回の短歌創作をとおして、安万侶さんの大きな功績、『古事記』について多くの方々が、学びの心を寄せてもらっていることがよく伝わってきたこと。短詩型文学に身を置いているものとして、この度の多くの募集された方のお言葉、お心を大事にして、短歌・新短歌の道を奈良に開いていきたい。というコメントであった。

選考された最優秀賞と優秀賞をここに掲載しておく。

〈一般の部　最優秀賞〉

古に　語り継がれし　安万侶
ふることぶみを　今朝も読み居り
奈良県生駒市　前田幸男

〈一般の部　優秀賞〉

幾世経て　つねにあたらし　安万侶の
遺せし文を　読めるよろこび
奈良県桜井市　岡本道憲

我が町に　ゆかりの『古事記』　ひもとけば
下つ道駈け来　子らの靴音
奈良県田原本町　松原綾乃

〈小学生の部　最優秀賞〉

多じん社　やすまろさんが　見守るよ

「『古事記』」は今も　ぼくらの宝
田原本町立南小学校三年　細川蒼一朗

〈小学生の部　優秀賞〉

こじきよむ　やすまろさんの　ふるさとで
時代をこえて　心にひびく
田原本町立田原本小学校五年　植田麻香

やすまろさん　あなたの『古事記』受けついで
今日も豊かな　田原本町
田原本町立北小学校五年　小西悠太

太安万侶さんと『古事記』に関しての興味や歴史のロマンを感得したことを短歌・新短歌の形でメッセージを応募してもらったことのもうひとつの理由は、昭和二十五年に有名な歌人である川田順が多神社を訪れていて短歌を残していることである。その歌碑が拝殿の東側にたてられている。川田順の歌というのは、

「この臣の　編《あ》みし古文《ふるふみ》　神国の證《あかし》となりて　永久《とこしえ》
に伝う」

であり、このことにも因んで短歌・新短歌のコンテストになったのである。

3　古事記編纂一三〇〇年紀記念事業のめざすもの
—観光開発・地域振興にどのように繋げていくのか—

記念事業とかイベントというのは、興業とは異なって、年がら年中やれるものではい。また一回限りで終わって後はなにもない、というものこれまた意味のないことで無駄なことでもである。何らかの形である程度の波及効果がなければならない。

ポスト平城京遷都ということで、記紀・万葉プロジェクトが発表されたとき、『古事記』と太安万侶さんのことは絶対田原本町が中心になって、推進しなければならない。そのように意気込みて取り組み始めた。いままでに紹介してきた四部にわたる事業は最善の努力を傾注して田原本町の将来の観光文化の向上に寄与できるよう、そして地元事業開発にも繋がるように必死になって実施してきた。

記念事業としては盛大に盛況に実施され好評を博した。第一部のところでも記述しているように、ステージでの演舞や巫女舞にしても、さらにプロモーションビデオ映像にしてもそれぞれに立派なものし仕上げて

もらっていて、これは有料にしても入場してもらえたのではないか、といわれるほど感激され、感銘を受けたと多くの人から高い評価をもらった。ところが、メディア、報道関係、マスコミ等からは全く見向きもされなかった。「やまとのまほろば田原本町」のテーマのシンポジウムにしても、第一線級の専門家を揃えてのシンポジウムは他ではなかった。にも拘わらずこれもマスコミは一切取り上げていない。広報の仕方に問題はなかったと思うが、実行委員会としては、多くの人から注目され、『古事記』や太安万侶さんに関しての歴史的背景を知ってもらって、それを土台にして、これからの町の観光振興の原点にして地域活性化に繋げていくことがねらいであった。

奈良国立博物館において、平成二十四年六月十六日から七月十五日まで、特別展示「『古事記』の歩んできた道」が開催された。太安万侶さんのことが詳しく解説されていて、墓誌の発見で安萬呂さんは架空の人物かもしれないという説があったが、これで確定的になったこと。安萬呂さんの故地は奈良県田原本町大字多であること。そして平城京の時代になると、大規模な墳墓、墳丘の時代ではなく、律令国家としての体裁が整備されてきて、安萬呂さんのころには、「喪葬令」、「皇都条」があって、皇都つまり平城京および上ツ道、中ツ道、下ツ道等の主要道路の近くに埋葬することが禁じられていたため、それに従い山中に設けたところが、奈良市此瀬の里であったということで、安萬呂さんは没しても多氏族の故地に帰らなかっただけである。奈良国立博物館の展示はざっとこのような内容であったから、とくに田原本町では多く人が見学してもらいたかった。また、二〇一二年という年は古事記編纂一三〇〇年というので、各地で挙っていろいろな行事が多く開催されていたが、太安万侶さんが田原本町出身の人であることはほとんど認知されてこなかった。田原本町の今回の一連の行事ではこのことを多くの人に知ってもらって、田原本町における歴史文化を一層向上させ、町おこしの起爆剤にすることであった。

もう一点特筆するべきことがある。太安万侶さんの墓地が発見され、墓誌が明確な形で出てきて、それで太安万萬侶さんのことが確定的になったのは前述のとおりである。墓誌のほかに、真珠とか勾玉等のいろんな装飾品も出土したが、何といっても太安万侶さんの遺骨があったことである。これら全てを橿原考古学研究所が調査の対象にした。調査が終了したところで、遺骨以外の出土品は橿考研の管理になったが、なぜか遺骨だけを此瀬の地元の寺に預けてしまった。ここが間違いのもとで、考古学の研究は一流かも知れないが、常識的に言えば、多一族あるいは多神社があるので、まず最初にこういうところに相談して措置するのが当然のことである。それ以来、地元の寺は預かったといえども、現物を持っているので遺骨の所有を主張してゆずらない。太安万侶さんの遺骨は当然多地区（多神社）にあるべきで、これではいけないと、必死の覚悟で多神社に取り戻そうと立ち上がった人がいる。川田順の歌碑を寄贈した多出身の奈良中央信用金庫の理事長・会長を歴任した中嶌實男氏である。これから三〇有余年の長きに亘って、いろいろな伝手や情報を集めて、どんな手がかりも漏らさずして返却してもらうようにと地元の寺に掛け合い続け、奔走し続けた。しかし頑なに拒まれてしまって月日は経っていった。長期間に亘る尽力と強い返却要請を行ってきて、また人縁の助けも借りてようやく返却の目途が立つところまできたのが、古事記編纂一三〇〇年紀が近づいてきたころである。そして交渉の結果は、なんと太安万侶さんの遺骨を全てを返還してもらうというのではなく、その半分だけで、寺にも半分保持しておくというものであった。半分でも返還してもらえれば、太安万侶さんの供養と顕彰ができるであろうと、中嶌氏は多宮司を帯同させて遺骨をやっとの思いで受領してきたのが、一三〇〇年紀の前年の七月であった。こうして太安万侶さんは『古事記』編纂一三〇〇年後になって、ようやく自分の生まれ故郷である「多」に帰ってこられたのである。これによって、田原本町民の太安万侶さんに対する崇敬、尊崇の念が一層高まり多地区を含めて地域の進展が図られるであろう。

田原本町の文化財

石井正信

ここでは、田原本町に所在する、数々の歴史遺産・文化遺産を紹介する。

唐古《から こ》・鍵《かぎ》遺跡　字唐古・字鍵所在

唐古・鍵遺跡は、明治三十四年（一九〇一）に高橋健自氏により、学界に初めて報告されて以来、多くの調査・研究がなされてきた。昭和十一（一九三六）・十二年に行われた末永雅雄博士らによる唐古池の発掘調査により、その後の弥生時代研究の基礎を築いた。

昭和五十二年には、田原本町立北幼稚園の建て替えに伴い、奈良県立橿原考古学研究所による第三次の本格的な発掘調査が行なわれた。この調査で、唐古・鍵ムラの南側環濠が発見され、遺跡の範囲も、鍵地域にも拡がり、遺跡名は、「唐古遺跡」から「唐古・鍵遺跡」に改められた。

昭和五十七年から田原本町教育委員会に引き継がれ、遺跡の範囲や遺構を確認する発掘調査が実施され、現在まで、第一一四次の調査に至っている。

この間、渡来系人物が埋葬された木棺墓や太さ六〇センチメートルの巨大ケヤキ柱を持つ大型建物跡、翡《ひ》翠《すい》の勾玉《まがたま》が納入された褐鉄鉱《かってっこう》容器、銅鐸《どうたく》などを鋳造した青銅器鋳造関連遺物、楼閣や鹿、魚など弥生時代の信仰の対象となったものを描いた絵画土器など、弥生時代の文化を考える上で重要な遺物が相次いで出土した。

なかでも、平成四年（一九九二）に発見された、楼《ろう》閣《かく》絵画土器（町指定文化財）は、二層以上の屋根を描いたもので、弥生時代の建築を考える上で、画期的な発見となり、弥生集落に、都市的なイメージを与えるものとなった。渦巻きの屋根は、弥生の王都を偲ばせる。この絵画土器をもとに、唐古・鍵遺跡のランドマークとして、平成六年、国道二四号線沿いの唐古池の南西の端に楼閣が復元された。

楼閣絵画土器は、この遺跡と運河で繋がっている清《し》水風《みずかぜ》遺跡でも発掘されている。このことは、「ムラ」の南北に楼閣（「ムラ」の見張り台）があったとも考えられる。絵画土器は全国で六〇〇点以上出土しているが、唐古・鍵遺跡では、三五〇点以上、清水風遺跡では、五〇点ほどの絵画土器が出土している。絵画土器のなかには、楼閣の外に大型の建物、渦巻きの屋根付きの船などがある。

稲作など新しい技術をもった人たちは、大和川をさかのぼり、この地にたどりついた。彼らは、微高地の樹木を伐採し、新たな「ムラ」を開いた。奈良盆地における最初の弥生の「ムラ」の誕生である。弥生時代の中頃には、多重の環濠帯をもつ、大規模な環濠集落が形成された。その面積は、約四二ヘクタールにも及ぶ。この辺りは湿地地帯で、低くなっている。このような地形を、「屾《たわ》」と言い、「本」とは処のことである。「田原本」の地名のいわれとも考えられる。

国史跡　唐古・鍵遺跡

唐古・鍵遺跡の出土品には、新潟県糸魚川市周辺の姫川流域で産出された翡翠製勾玉と鳴石用器、丹後産と推定される水晶玉など、吉備・尾張・北九州の土器、大阪湾・伊勢湾等でとれる魚貝類があり、当時の交流が広域に及んでいたことがわかる。

また、青銅器の鋳造は当時の先端技術であり、各地域の拠点集落で行われていたらしく、唐古・鍵遺跡では、「ムラ」の南西部に炉跡状遺構の工房があり、銅鐸や武器などの鋳型外枠や送風管、取瓶が多量に出土している（第六五次調査）。

平成十一年には、国史跡として唐古池を中心に約一〇ヘクタールが指定された。現在、出土品は、平成十六年に開設された田原本青垣生涯学習センター内の唐古・鍵考古学ミュージアムに展示され、遺跡公園としても整備中である。

黒田大塚古墳　字黒田所在

黒田大塚古墳は、寺川と飛鳥川に挟まれた沖積地に立地している小型の前方後円墳で、三宅古墳群に属し、古墳群のなかでも、良好に墳丘を残している。濠の内部から、円筒埴輪、蓋形埴輪、木器が出土した。出土品から、古墳時代後期（六世紀前半）に造られたことが分かる。後円部の頂上や墳丘上部には、盗掘穴らしきくぼみが数ヵ所みられる。後円部からの眺望は素晴らしい。昭和五十八年（一九八三）に、県の史跡に指定されている。

黒田大塚古墳

羽子田一号墳　宇田原本所在

古墳時代の遺跡で、家屋密集地となっていて、旧地形を明らかにすることができない。明治三十年（一八九七）、病院を建てるために、水田の掘削作業中、人物・牛形・盾形・蓋《きぬがさ》形埴輪が出土した。なかでも牛形は、眼の後部に角《つの》の一部が残存しており、四肢のうち三本がなくなっている。全体に肥満体で表現されていて、喉部から胸にかけてのふくらみや顔など、牛の特徴をよく表している。馬に比べて出土例がほとんど見られない。当時、馬ほど数が多くなかったものと思われる。牛形埴輪は、高さ約七〇センチメートルのかなり大きなもので、国の重要文化財になっていて、唐古・鍵考古学ミュージアムに展示されている。

多神社　大字多字宮ノ内所在

正式名称は、多坐弥志理都比古《おおにますみしりつひこ》神社。『延喜式』神名帳十市郡の項に見える多坐弥志理都比古神社二座に比定される式内社である。大和でも屈指の大社であり、大同元年（八〇六）には大和国十戸、播磨国三十五戸、遠江国十五戸のあわせて六十戸の神戸が与えられた。貞観元年（八五九）には、正三位の神位も授けられている。

多神社大鳥居

『古事記』では、神武天皇の第二皇子の神八井耳《かむやいみみの》命《みこと》は、第三皇子の神沼河耳命《かみぬなかわみみのみこと》に皇位を譲り、自らは

「忌人」となって、弟の綏靖天皇を扶けることにしたと伝えている。多神社は、神八井耳命を始祖とする多氏によって、祀られており、多氏の本貫地である。なお、宮中の雅楽を司る多氏は、多氏の一族かともされる。

中世末期、大和の他の大社が、社領退転の伝承が残されるなか、天正二年（一五七四）になってなお新木、常盤、味間、新口、葛本、十市、太田市、宮森の各村域、あわせて、六町三反余りの御供米田を持ち、同年九月には、大規模な宮御造営が行われた。

本殿の後方の森のなかには、祭祀跡とする、円墳があり、飛鳥川の清流を禊ぎ場とする古代祭祀跡と考えられる。神社の宝物殿には太安萬侶卿神像等がある。

祭神は、元文二年（一七三七）の「多大明神社記」によると、第一殿に神武天皇、第二殿に神八井耳命（神武天皇第二皇子）（太安萬侶合祀）、第三殿に神淳名川耳命（神武天皇第三皇子、後の綏靖天皇）、第四殿に姫御神（神武天皇母）を祀る。本殿は江戸時代造営の一間社春日造りで、県の指定文化財である。

小杜神社　大字多字木ノ下所在

多坐弥志理都比古神社の摂社。元文元年（一七三六）の『大和志』の十市郡神廟の項に小杜《こもり》神命神社とあり、当時すでに、多社皇子神のひとつ、式内「小杜神命神社」に比定されていた。祭神は、太安萬侶である。昭和十七年（一九四二）、古事記撰上一二三〇年記念式典が行われ、村社から指定県社に昇格した。

太安萬侶古事記献上顕彰碑　大字多字木ノ下所在

昭和五十四年（一九七九）奈良市此瀬町で太安萬侶の墓が、墓誌とともに発見された。平成二十四年（二〇一二）、古事記編纂一三〇〇年紀を機に、顕彰碑が建てられた。碑には、真福寺本古事記の一部分が彫れている。

村屋神社　大字蔵堂字大宮所在

正式名称は、村屋坐弥富都比売《むらやにますみほつひめ》神社。『延喜式』神名帳城下郡の項に見える村屋坐弥富都比売神社に比定される式内社である。鎮座地は、中ツ道に面し、『日本書紀』天武元年（六七二）七月二十三日の条に「今自二吾社中道一軍衆将レ至、故宜塞二社中道一」との神託を大海人皇子軍に与えた「村屋神」はこの社の神である。大同元年（八〇六）には、大和国三戸、美作国三戸の神戸が与えられ、仁寿元年（八五一）には正六位上、貞観元年（八五九）には従五位上の神位が授けられた。

村屋神社

祭神は、三穂津姫命・大物主命である。三穂津姫命は高皇産霊命の姫神で、大物主命の国譲りの功に応えるためと、大物主命の二心のないようにと願い縁結びされたという。大物主命は大神神社の祭神で、その姫神を祀っているところから、大神神社の別宮ともいわれている。境内には、昭和五十八年（一九八三）に「町の木」に指定されたイチイガシがある。社叢は県の天然記念物である。現在では、正一位森屋大明神の呼称が残る。

鏡作神社　大字八尾字ドウズ所在

正式名称は、鏡《かがみ》作《つくり》坐《にます》天照《あまてる》御魂《みたま》神社。『延喜式』神名帳に鏡作坐天照御魂神社とある式内社である。祭神は、天照国照日子火明命、石凝姥命、天糠戸命を祀っている。『奈良県磯城郡誌』には、「社伝に本社にして中座は、天照大神の御魂なり。伝へ云う。崇神天皇六年九月三日、此地に於て日御象の鏡を鋳造し、天照大神の御魂となす。今の内侍所の神鏡是なり。本社は其像鏡を祭れるものとして、此地を号して鏡作と言ふ」とあり、ご神体の鏡が天照御魂の神として祀られている。

神社の神宝は『三神二獣鏡』であり、現在では、正

鏡作神社（本殿）

一位鏡作大明神と称する。このあたりは鏡作りとあるように、鏡作りを職とする工人の氏族、鏡作部の集団が居住していたと考えられる。石凝姥命は鏡作部の技術を神格化した神と考えられている。

大同元年（八〇六）には、大和国三戸、伊豆国十六戸の神戸が与えられ、貞観元年（八五九）には従五位上の神位が授けられた。

主祭神は、本殿の中座に天照国照《あまてるくにてる》日《ひ》子《こ》火《ほ》明《あかり》命（天照御魂の鏡）、右座に石凝姥命《いしこりどめ》（伊多《いた》の神…鏡鋳造の守護神）、左座に天糠戸命（麻気《まけ》の神…鏡作部の祖神）を祀り、春日造りと流造りの合体で、三社連結造り（五間社流造り）の見事なものである。神社の神宝は、三神二獣鏡であり、現在では、正一位鏡作大明神と称する。

境内にある鏡池は、「心洗池」碑があり、鋳造鏡を洗ったとか、鏡作師が身体を清め秘法を授かったとかいわれている。

二月二十一日に近い日曜日には、御田祭りが行われ、五穀豊穣を祈願する。今は、秋の例祭の宵宮に十月第四土曜日には、「あかりの祭」が行われている。

本社は、田原本町大字八尾に鎮座するが、近くに鏡作部の集団が居住し、他に同名の神社が町内に三社（宮古・保津の鏡作伊多神社、小阪の鏡作麻気神社）、隣接の三宅町に一社（石見の鏡作神社）所在する。

池神社　大字法貴寺字宮ノ前所在

正式名称は、池坐《いけにます》朝霧《あさぎり》黄幡《きはた》比売《ひめ》神社。『延喜式』神名帳に池坐朝霧黄幡比売神社とみえる式内社である。祭神は、天萬栲幡千々比売命を祀っている。後世に菅原道真を合祀し、「天神」と称した。祭神名から機織の神である。天平二年（七三〇）には、「池神」とあり、大同元年（八〇六）の牒では、大和国に神戸三戸を有し（新抄格勅符抄）、貞観元年（八五九）、従五位上の神位を授かる。

古くは、池神であったが、中世に至って、祭神として菅原道真公を勧請、「大和国長谷川法貴寺天満天神」（大般若経奥書など　奈良国立博物館寄託・個人蔵）とみえ、大和の武士団、長谷川党の信仰は厚い。秋祭りには、地車の神前奉納が行われる。

津島神社

津島神社　九軒町所在

以前祭神を、牛頭天王としていたことから、もと祇園社という。田原本藩の記録に、「天治二年（一一二五）再建」の棟札に建立の文字があり、平安時代後期には、祇園社が創祀され、疫病防除の祈願が行なわれていた。江戸時代には、領主平野家の尊崇をあつめ、毎年米一石五斗の寄進を受けていた。また、平野家の本貫地、尾張国津島にあった津島神社も牛頭天王を祀っていたため、明治二年（一八六九）、社名を津島神社と改めることになった。祭神は、本殿に素戔嗚尊・櫛名田姫命、八幡社殿に誉田別命、春日社殿に武甕槌之命・経津主之命・天児屋根命・比売大神を祀っている。

一月十日に近い日曜日、境内の恵比寿神社で「初恵比寿」が催され、商売繁盛を祈って、福娘から、福笹が授与される。七月十七日以降の土・日曜日に「中和地方最大の夏祭り」祇園祭で賑わう。

宮古薬師堂　大字宮古字寺垣内所在

かつての常楽寺の一堂。大正四年（一九一五）の『奈良県風俗志』に「都村宮古、推古時代の古寺があり、里人は聖徳太子建立の大伽藍の跡」と伝え、「招提千歳記」に唐招提寺の子院「常楽寺宮古」、「三箇院家抄」に「鏡作社の西辺祈願所常楽寺」と記し、薬師堂は、大伽藍常楽寺の中にあったことがわかる。堂内には薬師如来坐像が安置されている。薬師如来坐像（平安時代初期作）は、国の重要文化財であり、檜の一材彫りで像高九六・六センチメートル、漆箔仕上げで、

宮古薬師堂

等身大の重量感あふれる像である。

秦楽寺　大字秦庄字北垣内所在

真言律宗。山号は高日山。本尊、千手観世音菩薩立像。当寺に伝わる「秦楽寺略縁起」によれば、皇極天皇元年（六四二）、秦河勝の建立という。本堂の千手観世音菩薩立像は、百済国から聖徳太子に献じられたもので、河勝が太子より賜わったという。河勝は方二十町の領内に、荘厳な伽藍をつくり、千手観世音菩薩立像を本尊として、厚く尊崇した。そのためか、秦氏は繁栄し、秦楽寺と称するようになったという。大同元年（八〇六）、唐から帰朝した空海は、秦楽寺で『三教指帰』を著したと伝えられ、またこの地を霊地と感じ、梵字の「𑖀」を形取り「阿字池《あじいけ》」と称し、和州三楽池に数えられている。中世、松永久秀の秦楽寺城により、落城した。

　中興は僧恵海。宝暦九年（一七五九）、堂宇を再建するが、旧観に復することはなかった。

秦楽寺

千万院　大字法貴寺字寺内所在

真言律宗。本尊・薬師如来坐像。千万院は千万寺ともいい、江戸時代まで存した法貴寺の塔頭の子院であった。法貴寺は「法起寺」ともいう。『実相院歴録』

によると、法貴寺は聖徳太子の草創で、仏法を起こす意味から法起寺と名付けられ、秦河勝に賜ったという。江戸時代の半ばには、本坊の実相院と千万院だけとなった。実相院にかわって、薬師堂を受け継いだのは、

千万院「不動明王立像」

千万院だけとなった。現在、残っているのは、薬師堂・山門・鐘楼で、千万院の坊はなく、薬師堂を千万院と呼ぶようになっている。堂内には、本尊・薬師如来坐像をはじめ、不動明王立像、十一面観音立像等が祀られている。不動明王立像（平安時代後期作）は、国の重要文化財であり、十一面観音立像（室町時代）は、町の指定文化財である。千万院堂の東側奥に、初代住職の秦明高（河勝の次男）の墓と伝える五輪塔がある。

法楽寺　大字黒田字寺垣内所在

真言宗御室派。山号は天地山。本尊・子安地蔵菩薩立像。当寺は、聖徳太子開基といわれ、第七代孝霊天皇の宮、黒田の廬戸宮跡に法楽寺が建てられたといわれている。推古天皇から「黒田山礒掛本寺」勅号を給わり、山内に戌亥坊以下十二ヵ坊を数えた。慶雲四年（七〇七）、元明天皇から「黒田法性護国王院」寺号を給わり、弘仁元年（八一〇）から天長元年（八二四）まで、弘法大師が止住したとされる。

長禄三年（一四五九）の墨書銘を記す板絵「法楽寺

法楽寺

伽藍坊院之図」が残り、摩滅して鮮明ではないが、室町時代、二十五寺をかぞえ、盛時を伝える。僧形地蔵菩薩坐像等が所蔵されている。本堂の右手に鐘楼があり、その梵鐘は室町時代後期のものという。銘文はないが、意匠には、奇抜さがある。かつて、孝霊天皇の黒田の廬戸宮の伝承地で、「桃太郎生誕の地」といわれている。

本光明寺　大字八条字中垣内所在

真言律宗。山号は無量山。本尊・木造弘法大師坐像。もと真言宗長谷寺末寺、勝楽寺と称したが、明治七年（一八七四）の廃仏毀釈により、無檀家の理由で、廃寺処分となった。同十五年、再興の機運が起こったが、勝楽寺の再興ではなく、櫟本の廃寺であった本光明寺を西大寺から譲り受け、復興となった。木造十一面観音立像は、平安時代中期の代表作で、像高一七四・五センチメートルある。国の重要文化財である。長らく奈良国立博物館に預託されていたが、本堂の改築を機に帰院した。弘法大師の開基にかかわって「八条のお大師さん」と親しまれている。

安養寺　大字八尾字大橋所在

浄土宗。山号は法性山。本尊・阿弥陀如来立像。寛永十年（一六三三）の創立で、開山は源蓮社宝誉上人

安養寺「阿弥陀如来立像」

と伝えられている。宝永三年（一七〇六）、忍誉上人の中興である。阿弥陀如来立像（鎌倉時代）は、国の重要文化財に指定され、左足の柄に「巧匠安阿弥陀仏」の墨書銘があり、快慶の作といわれている。門前に面する道は、中世の中街道である。

安楽寺　大字矢部字西垣内所在

融通念仏宗。山号は光照山。『大念仏寺歴代記録』に「安楽寺　代々看坊当住浄土宗覚誉長老三年前入寺今大念仏宗帰依」とあり、融通念仏宗に改めたのは、延宝初年の頃である。本堂は安永八年（一七七九）の再建にかかり、近年山門が改築された。本尊・阿弥陀如来坐像は、江戸時代前期の作である。絹本著色融通念仏縁起絵（南北時代）は、国の重要文化財である。

楽田寺　堺町所在

融通念仏宗。山号は雨宝山。本尊・阿弥陀如来坐像。楽田寺は、寺伝によれば、創建は天平元年（七二九）で、山門の前には、「雨宝山龍王院楽田寺」の石柱がある。鎌倉時代、興福寺の末寺として、この地域の荘園支配の拠点であった。室町時代中期には、この寺は、「聖道所」といわれ、二〇ヵ坊からなる大寺で「田原本寺」とも称されていた。

この寺には、絹本著色善女龍王図があり、古くから

楽田寺「絹本著色善女龍王図」

雨乞いの寺としても知られており、日照りの時は、龍王図が祭壇に祀られ、雨乞いの祈りが行われていた。絹本著色善女龍王図（室町時代）は、県の指定文化財である。もとは真言宗で山門の右手にある井戸は、弘法大師が高野山への道中に、干ばつに苦しむ農民のために掘ったものと伝えられている。近世初頭、真言宗から融通念仏宗に転じた。この寺は、中街道に沿って位置している。

補巌寺　大字味間字和田坪所在

曹洞宗。山号は宝陀山。本尊・釈迦如来坐像。寺伝によれば、律宗光蓮寺を曹洞宗と改めた。大和国内最初の曹洞宗の寺院。至徳元年（一三八四）了堂真覚《りょうどうしんかく》禅師の創建。十市氏の氏寺でもあった。境内の墓地内には十市遠勝の供養碑が建っている。戦国時代の松永氏と十市氏の合戦による戦火や安政五年の火災により焼失し、現存する建物は、山門、鐘楼、庫裏のみである。

世阿弥は、この寺の住職の二代目の竹窓智厳に帰依したと伝えられている。門前には、「世阿弥参学之地」の石碑がある。四冊現存している『補巌寺納帳《ふがんじのうちょう》』の中に、世阿弥の法号である「至翁禅門八月八日」の記載があり、八月八日が命日であることも分かる。他に、世阿弥の妻、寿椿禅尼の名もあり、夫妻が田地一反を寄進し、永代供養料としたことが記されている。『補巖寺納帳』（室町時代）は、町の指定文化財である。

浄照寺　茶町所在

浄土真宗本願寺派。山号は松慶山。本尊・阿弥陀如来立像。当寺は本願寺御坊の一つ。初代領主平野長泰の頃、当地は、教行寺の寺地であった。教行寺を箸尾に移転後、慶安四年（一六五一）二代目領主平野長勝が跡地の南半分に、一宇を建立し、領内八ヵ寺を末寺

補巌寺

浄照寺

につけ、本願寺良如に寄付し、田原（俵）本御坊と称した。しばらくは輪番所、御門跡兼帯所となっていたが、代々留守居を勤めるようになり、円城寺となった。寛延二年（一七四九）、初代留守居役として慧猛が着任し、浄照寺と改めた。

表門は、伏見桃山城の城門を移築したものと伝えられ、御殿は、明治十年（一八七七）、天皇の大和行幸の御休憩所となった由緒ある建物である。同二十三年、昭憲皇太后がご宿泊されている。当時使用の御殿は、行在所として記念し、保存されている。

西本願寺別院、田原本御坊として、県下に七二ヵ所の末寺・触下寺院を持ち、門跡寺院として、五本筋壁の土塀が許される。

本堂は、江戸時代の創建で、県の指定文化財であり、古風な面取り角柱、小屋組などに、創建当初の姿を残し、内外陣境の組物、蛙股、向拝の木鼻、虹梁等、優れた江戸時代初期の特徴を表している。長屋門の上にある太鼓楼は、もと太鼓楼として独立していたが、後世、長屋門の上にあげたものである。

本誓寺　茶町所在

浄土宗。山号は慈航山。本尊・阿弥陀如来立像。寺伝によると、鎌倉時代の創建で、もとは八幡町にあり、田原本北寺とも呼ばれた。正保四年（一六四七）、浄土真宗教行寺を箸尾に移転させ、その跡地に、二代目領主平野長勝は本誓寺と浄照寺を移した。本誓寺は平野家の菩提所となった。境内には、平野長勝の霊廟が享保二年（一七一七）に建立、九代目平野長発の霊廟が安政二年（一八五五）に建立され、度重なる火災をまぬがれた霊廟が創建当時のまま、二基残っている。

本尊の阿弥陀如来立像は鎌倉時代後期の快慶の流れを汲む作風である。幕末には、知恩院宮尊超法親王から、「本覚院」の御額が下賜され、門跡寺院格となり、五本灰筋の入った塀が許された。

今里の蛇巻き・鍵の蛇巻き　大字今里・大字鍵所在

田原本町の今里の杵築神社では、毎年六月第一日曜日に、その年の当屋九軒が中心となり、前年十一月頃、作付けした裸麦を刈り取り、新麦わらで作った長さ約一九メートルの蛇を氏神様境内で作り、「頭持ち」がそれを担い、「おめでとう」のかけ声で村中全戸を練り歩く。この行事は、五穀豊穣を祈るとともに、男の子の成人を祝う通過儀礼である。江戸時代、後水尾天皇の時代から伝え続けて行われてきた野神行事である。

今里の蛇巻き

文化庁より、昭和五十八年（一九八三）十二月二十七日、「記録作成等の措置を講ずべき無形の民族文化財」に指定された。

蛇は村を巡行する途中、暴れ回り、誰彼なしに蛇に巻き込む。巻き込まれた人は、その一年、無病息災で過ごせるという。榎の大木に頭を上にして、蛇体を下に下にと巻きつける。これを「昇り龍」という。

当日、鍵の蛇巻きが、同時に行われ、起源はわからないが、相当古くから行われ、五穀豊穣と村人の無病息災を祈願し、「頭」と呼ばれる十七歳から十四歳までの男の子を中心に執り行われる。十七歳の「頭」にとって、元服の儀式でもある。材料は、稲わら（三百把を手刈り）と麦わらである。「どさん箱」用の太い竹竿、箸用の竹を準備する。

先頭の「どさん箱」のあと、蛇を引き合いながら、練り歩く。「はったはん」の榎の木に頭を下にして、蛇体を上に上にと巻きつける。これを「降り龍」という。昭和五十八年に、今里の蛇巻きとともに、国の無形民俗文化財となっている。

薬王寺八幡神社

境内には、高さ約三〇メートル、幹のまわり約六メートルの樟の巨樹があり、県の天然記念物に指定されている。樹齢五五〇年と推定されている。まるで、森の中にいるようである。

あとがき

このたび、刊行された本書については、色々と思いだされることが多い。「はじめに」でふれた如く、平成二十四年十一月十八日に開催されたシンポジウム「やまとのまほろば田原本」は、記念事業会や田原本町の各種団体が中心となり、独自に立ち上げたものである。加えて田原本町町役場による大きな支持・支援があって、シンポジウムが開催され、成功裡に終わった。

その後の記念事業会の集まりで、シンポジウムの内容を是非とも出版し、田原本町町内はもちろんのこと、奈良県下さらには全国へ、『古事記』の筆録者である太朝臣安万侶と多神社との関わりを全国に発信すべき、との声が澎湃《ほうはい》として起こった。その背景には仄聞する限り、全国的にみて『古事記』撰録一三〇〇年の記念事業が他になかったことが挙げられよう。

田原本町町役場の強力な支援を得て、出版社と交渉したところ、吉川弘文館にお引き受けいただいた。まことに有難いことで感謝に耐えない。

本書刊行に際し、シンポジウム「やまとのまほろば田原本」に登壇していただいた寺川眞知夫、辰巳和弘、上野誠の三氏から、新たに書き下ろしの長編論文をお寄せいただいた。寺川眞知夫氏の「古事記への持統天皇の関与と元明天皇の編纂の勅」、辰巳和弘氏の「「ヒイラギの八尋矛」考」、上野誠氏の「この御酒は我が御酒ならず―古代酒宴歌の本願―」である。

本書の内容を、さらに充実させるものであり、ご芳情に厚く御礼申し上げる次第である。

平成二十六年九月六日

和田　萃

執筆者紹介（生年／現職―執筆順）

和田　萃（わだ　あつむ）　↓　別掲

寺川眞知夫（てらかわ　まちお）　一九四三年生れ／同志社女子大学名誉教授

上野　誠（うえの　まこと）　一九六〇年生れ／奈良大学文学部教授、国際日本文化研究センター研究部客員教授

辰巳和弘（たつみ　かずひろ）　一九四六年生れ／元同志社大学教授

寺田典弘（てらだ　のりひろ）　一九六〇年生れ／田原本町長

多　忠記（おお　ただふみ）　一九四四年生れ／多神社宮司

鈴木幸兵（すずき　こうへい）　一九三九年生れ／田原本町記紀・万葉事業実行委員会委員長

石井正信（いしい　まさのぶ）　一九四六年生れ／田原本町記紀・万葉事業実行委員会事務局長

編者略歴
一九四四年　満洲国遼陽市生まれ
一九七二年　京都大学大学院文学研究科（国史学専攻）博士後期課程単位取得退学
京都教育大学名誉教授

主要著書
『大系日本の歴史2　古墳の時代』（小学館、一九八七年）
『日本古代の儀礼と祭祀・信仰』（上・中・下巻、塙書房、一九九五年）
『飛鳥―歴史と風土を歩く―』（岩波書店、二〇〇三年）
『歴史の旅　古代大和を歩く』（吉川弘文館、二〇一三年）
『古代天皇への旅』（吉川弘文館、二〇一三年）

古事記と太安万侶

二〇一四年（平成二十六）十一月二十日　第一刷発行

編　者　和田《わだ》　萃《あつむ》
監　修　田原本町記紀・万葉事業実行委員会
発行者　吉川道郎
発行所　株式会社吉川弘文館
郵便番号一一三―〇〇三三
東京都文京区本郷七丁目二番八号
電話〇三―三八一三―九一五一〈代表〉
振替口座〇〇一〇〇―五―二四四番
http://www.yoshikawa-k.co.jp/
印刷＝藤原印刷株式会社
製本＝株式会社ブックアート
装幀＝河村　誠

ISBN978-4-642-08261-7